子のない夫婦とネコ

群　ようこ

子のない夫婦とネコ

目次

子のない夫婦とネコ

モトコとツヨシは結婚して三十九年、その間、家にはネコがいなかったことはほとんどなかった。二人は大学の同級生で、最初に相手に好意を抱いたのは、ツヨシのほうだった。同じ日本文学ゼミに所属していたのだが、いつもモトコの席の近くに座る、何の個性も感じない男子学生が彼だった。たとえば人通りの多い駅前で、

「似た人を見つけてください」

といわれたら、一時間で軽く数人は見つけられるほど、ものすごく普通の人だった。だいたいその年代の男子というものは、女子に対して自分を強くアピールしてくるものだが、それもなかった。まず顔立ちも平凡だし、体型も中肉中背、声も大きいわけでもないし、性格も出すぎず控えめすぎず。女子学生に嫌われないけれど特に好かれもしない無難な男子だった。名前とイメージが正反対なので、陰では「ヨワシ」と呼

ばれていた。

授業に出席するうちに、だんだん自分の好きな席が決まってくるので、彼女は彼がそばの席に座っていても、気にとめていなかった。目が合うと、

「おはよう」

と彼が挨拶するので、無視するのも失礼だし、彼女も、

「おはよう」

と挨拶をした。すると彼はにっこり笑ってうれしそうな顔をした。彼はモトコとは別の都立高校の出身ではあったが、同じ学区なので、様々な地方、地域からやってくる学生の中では、親しみが湧くのかなと考えていた。彼女にとってはただのクラスメートとの挨拶だったのだが、彼にとってはそうではなかった。

それに気がついたのは、授業が終わると、彼がにこにこしながら、

「モトコさん、映画に行きませんか」

と誘ってきたときだった。当時、男女のグループで遊びに行くのがはやっていたので、モトコは気軽に、

「いいよ、他に誰が行くの？」

と聞いた。

「僕一人なんだけど」

「えっ、二人だけ」

「うん」

彼は相変わらずにこにこしている。

「ふーん」

彼女は返事を渋った。

「『エクソシスト』と『ドラゴン怒りの鉄拳』とどっちがいいかな」

「はあ？　どっちがいいっていわれても、そろそろ前期試験でしょ」

「うん、だから気晴らしに」

ちょうどそのとき、モトコの友だちがやってきたので、彼女は、

「じゃ、またね」

とその場から立ち去った。友だちにその話をすると、

「絶対、ヨワシ、本気で誘ってるじゃない。どうするの？　行くの？」

と目を輝かせた。

「その映画が『エクソシスト』と『ドラゴン怒りの鉄拳』だよ。どっちを選べっていうの？」

そういうと友だちはげらげら笑い出した。

「面白いじゃない。自分じゃ絶対に選ばない映画だし。好きなほうに行けば？　彼っていやなところがない人じゃない。ものすごくいやだったら別だけど。行ってみてもいいんじゃないの」

友だちに後押しされるような形で、次の日、おでこに「期待」という二文字を貼り付けたような彼がやってきたのを見て、モトコは、

「行く。『エクソシスト』」

とだけ答えた。

「わかった。じゃ、指定席を買っておくね」

彼は満面に笑みを浮かべた。

「ああ、そう。よろしくね」

彼女はそう返事をしたものの、当日、お腹が痛くならないかなと、ちょっとだけ思った。

公開初日、残念ながら体調万全でモトコは彼と映画館の指定席に並んで『エクソシスト』を観た。たったひとつの救いは、マイク・オールドフィールド作曲の『チューブラー・ベルズ』が映画のテーマ曲になっていることで、それが映画館のスピーカーから聞けるのが、モトコにはうれしかった。少女の首がぐるっと回ったり、階段をものすごい勢いで、ブリッジで下りてくるのを観て、そこここで、ひゃっと声があがるのと反対に、モトコは、

「ふっ」

と笑ってしまった。そっと隣を見ると、彼は画面を凝視して息を呑んでいる。

(こんな映画を観て笑っている女を見たら、幻滅して嫌いになるに決まっているわ)

モトコは気が楽になってきた。

映画が終わると彼は、

「びっくりしたねえ」

といった。子供のように目をまん丸くさせているその顔を見て、モトコは思わず噴き出してしまい、笑いが止まらなくなってきた。

「そんなに面白かった?」

彼は不思議そうな顔をした。

「うん、そうね、いろいろな意味で」

「ああそう。モトコさんが面白かったんだったら、よかったけど……」

（そういえばこの人、ずっとモトコさんって呼んでいるけど、あなたに名前で呼ばれる筋合いはないんだけど）

と思いながら、まあ、いいかと追及はしなかった。その後、マクドナルドでハンバーガーを食べ、ぶらぶらと繁華街を歩き、彼が調べてきたらしい木造の古い喫茶店でコーヒーを飲んで初デートは終わった。二人が利用する路線が乗り入れているターミナル駅に到着すると、午後四時だった。

「明るいから家まで送らなくていいよ」

モトコの言葉に、彼は顔を曇らせた。

「ああ、そう。それじゃ、ここで」

二人は駅で別れ、それぞれの路線の改札口に歩いていった。

親には彼と会うのを黙っていた。父の耳に入ったら、ひとり娘のモトコに対して不機嫌になるのは当然だったし、母は興味津々で詮索してくるのが容易に想像できるからだった。

「あら、早かったわね」

母は少し驚いていた。女友だちと会っているときは、二時間くらい遅い時間に帰るのが当たり前だった。

「うん、映画を観てお茶を飲んだだけだから」

「へえ、ずいぶんあっさりしてるのね」

「だってもうすぐ前期試験だから」

「ああ、そうか」

母は何も疑わず、エプロンで手を拭きながら台所に去っていった。初デートは彼の印象と同じで、特に印象に残らなかった。映画も面白いかそうでないかと聞かれたら面白かったけれど、悪魔は何であんな珍妙な行動の数々を少女にさせたのかが疑問だった。

彼はまたデートに誘ってきた。今回はモトコに行きたい映画を選んで欲しいといった。にこにこしながら彼が開いている『ぴあ』を見て、

「『スティング』かなあ」

とつぶやいたら、また彼が指定席を買ってくれたので観に行った。これはとても面白かったので、喫茶店で話をして盛り上がった。帰り道、大きな公園の中を通って駅まで歩いていると、彼がふっと足を止めた。いったいどうしたのかとモトコが見ているると、植え込みの中から、黒白ぶちの母ネコと一匹の子ネコが姿を現した。

「あっ」

彼は声をあげて身をかがめ、

「おいで、おいで」

と優しく声をかけると、二匹はぴんと尻尾を立てて彼に走り寄ってきた。そして母ネコの体を撫でてやっていると、それを真似して子ネコもその横でころりと横になった。

「かわいいなあ」

彼はうれしそうにいいながら、優しく二匹のお腹を撫でてやっていた。ネコは飼ったことがないモトコもその場にしゃがみ、おそるおそる手を伸ばすと、

「はい、あなたもどうぞ」

という感じで、母ネコはモトコに向かって体を開いた。

「かわいいねえ」

思わず二人は顔を見合わせて笑った。二人で十分ほど撫でてやると、ネコたちは体を起こして満足そうな顔をしていた。

「ネコがいる。かわいい」

自分たちと同年輩のカップルが走り寄ってくると、母ネコはあわてて子ネコを連れて、植え込みの中に入ってしまった。

「ああ、行っちゃった」

カップルの彼女のほうはとても残念そうだった。

再び歩き出したツヨシは、

「ネコってね、人を見るんだよ」

と小声でいった。

「そうなの。うちは父がイヌ好きで、イヌしか飼ったことがないからわからないんだけど」

「好き嫌いが激しいんだよね、ネコは」

「へえ、じゃあ、私たちはネコに好かれたのね」

「うん」

彼は大きくうなずいた。

彼の家は両親がネコ好きで、生まれたときからネコがいたという。昔は妊婦のいる家に動物がいると、お産に影響するといわれていたが、両親はネコもうちの家族だからと、聞く耳を持たず、無事に彼が生まれたという。

「だからひとりっ子だけど、ネコの兄がいたようなものだったんだよね」

そのネコのトラ吉くんは、赤ん坊の彼が寝ていると、顔をじっとのぞきこんだ後、添い寝をしていた。母親が、彼を寝かせてその場を離れるときに、

「ちゃんと見ていてね」

と頼むと、母親が戻ってくるまでじっと待っていた。

「赤ん坊の頃から、ネコにかわいがって遊んでもらったので、ネコは恩人なんだ」

うれしそうに話をする彼の顔を見ながら、モトコは、この人は本当にいい人なんだなと思った。彼が怒っていたり、人の悪口をいったり、声高に何かをいっているのを見聞きした覚えはなかった。

彼に用事があれば学校で話すし、家の電話を教えて彼から電話がかかってきたりす

ると両親が騒ぎ出すので、モトコは家の電話番号は教えていなかった。相変わらずデートの待ち合わせも別れるのも、二人の使う路線が乗り入れているターミナル駅の改札口だった。あまりに似ている男性が多いので、何度も人間違いをしそうになるくらい、平々凡々とした人だが、動物にも人にも優しいところがいいなと感じるようになった。

学校を卒業して、それぞれが就職しても交際は続いた。女性は二十三歳になると、周囲から結婚話が出るような時代だった。モトコは父のコネで、父が勤めている会社の系列会社に就職した。両親は娘が一生働くと思っておらず、腰掛けで会社に勤めている間に、相手を見つけて結婚するだろうと思っていた。見つからない場合は、見合いをさせればいいくらいに考えていた。会社のほうも同じように考えているので、モトコに与えられるのは、仕事とはいえない仕事ばかりだった。書類のコピーをとったり、穴の開いた請求書を黒い紐で綴《と》じたり、お茶を淹《い》れたりと、自分でなくても誰がやっても何の問題もなかった。

モトコは結婚を考えるとしたら、相手はツヨシしかいなかったのだが、女性の二十三歳と男性の二十三歳は違う。女性の適齢期と同じように、男性は三十歳を過ぎてからの結婚がふさわしいと思われていたので、男女が同い年の結婚は、どちらかが文句をいわれるのが常だった。彼も自分が二十三歳では自信が持てず、

「もう少し待ってもらってもいい？　まだ給料も少ないし」

という。モトコの両親は、就職してからツヨシから電話がかかってくるようになったので、家に連れてこいといっていたが、相手は出張が多くて時間がないと嘘をついたり、あれこれ理由をつけながら引き延ばしていた。しかしどういう人か説明しろといわれたので、年齢、勤めている会社、家族構成は話した。

「ご両親と妹のネコのマメちゃん」

父は、

「何だそりゃ」

と呆れていたが、母からは、

「あらー、妹がネコのマメちゃん？　まあ、かわいい」

と高評価だった。今から結婚と親が騒ぎはじめて、仕事に慣れなくてはならない彼に圧力をかけるのはいやだったので、両親に彼を会わせたのは、二十五歳のときだった。幸い、両親とも彼を気に入ってくれたが、やはり、

「いい人だけど特徴がない」

というのが彼に対する印象だった。

彼の両親はモトコを、はきはきした明るくて元気なお嬢さんといい、ネコのマメちゃんともども大歓迎してくれた。マメちゃんが膝の上に乗ったのを見て、

「この子は特に女の人の好みにうるさくて、自分が嫌いな人には絶対にそばに寄らないんですよ。マメちゃんも気に入ったのね」

とお母さんがいってくれた。マメちゃんが喉をごろごろと鳴らして、膝の上にいてくれたのが、いちばんうれしかったかもしれない。

そして二人が二十七歳のときに結婚した。ツヨシは一緒にマメちゃんを連れてきたかったのだが、両親に大反対され、どうしようかと悩んでいたところ、捨てられていた白黒柄の子ネコを拾い、トン子ちゃんと名づけて、その子と一緒にアパートでの新婚生活がはじまったのだった。

モトコの父は、

「これから子供も生まれるだろうに、あんなネコなんか連れてきて」

と母には文句をいっていたらしい。会社をやめて専業主婦になったモトコには、日

中のトン子ちゃんとの暮らしはとても楽しかった。イヌには慣れていたけれど、外で飼っていたので、動物と毎日、室内でこんなに密着する経験はしていなかった。ツヨシを会社に送り出し、洗濯物を干そうとベランダに行こうとすると、居間でふわふわした毛の生えている子が、お腹を上にして、

「撫でて」

と訴える。洗濯物を干すのが家事の優先順位としてトップなのに、その姿を見たたん、優先順位がころっと変わり、「トン子ちゃんのお腹撫で」が一位になる。そしてそれだけで済めばいいのだけれど、顔を見上げ、

「抱っこして」

とまん丸い目で見られると、「かわいい」と百万回いったとしても足りないくらいの感情が、体の奥底から湧き出てきて、モトコはトン子ちゃんをぎゅーっと抱きしめた。するとトン子ちゃんは、「くふう、くふう」と喉を鳴らし、それがだんだん「ごろごろ」に変わってきて、しまいにはそのまま、

「く〜」

と寝てしまう。仕方なくモトコはその場に座り、トン子ちゃんが目を覚ますまで、

ずーっとそのまま体を抱っこしてやっていた。一時間ほどすると、

「ん？」

という表情で、トン子ちゃんは薄目を開けた。モトコは、

「あのね、お母さんは用事をしなくちゃいけないからね、悪いけどお布団で寝ていてね」

と部屋の隅にある、トン子ちゃん専用のピンク色の小座布団の上に置いてやると、眠気が勝ったのかそのままそこで寝てしまった。

そこからは大急ぎで洗濯物を干し、音をたててトン子ちゃんを起こしてしまうのがしのびないので、箒《ほうき》で掃いた後、雑巾で室内の床をから拭きし、さっと身支度を整えて買い物に出かける。昼前に近所のスーパーマーケットに行ったら、見知らぬおばさんが、

「奥さん、あのね、夕方のほうが商品の値段が安くなるから、これからはその時間帯に来たほうがいいわよ」

と教えてくれた。以降、そのとおりに夕方に買い物に行くようにしたら、たしかに同じ商品が安く買えた。そして夕方六時半には家に帰ってくるツヨシと一緒に、夕食

を食べながらまず話すのは、「今日のトン子ちゃん」についてだった。その日、出会った人々の話もしたが、ふと気がつくとネコの話に戻っているのだった。

トン子ちゃんは聞き分けがよく、御飯を食べている間はじっとおとなしく待っていて、終わったとたんに、ツヨシの膝の上に乗ってくる。もちろん彼はでれーっとして、

「今日もいい子だったねえ」

といって撫で回していると、トン子ちゃんは膝の上で仰向けになったり、横になったり、そして最後には胸にしがみついて眠りはじめる。するとツヨシは、

「あ〜、また寝ちゃったよ〜」

とうれしそうにいいながら、まるで赤ん坊を抱っこするようにしながら、テレビを観ている。その間にモトコは食器を洗い、風呂の準備をし、翌日の朝食の下ごしらえを済ませた。トン子ちゃんに抱きつかれると、もう何もできなくなるので、相手のところに行っているときに、もう一人のほうが自分のやるべき仕事をこなさなくてはならないのだった。

五年経っても、二人の間には子供ができなかった。トン子ちゃんを間に入れて、川の字になって寝るのが最高の幸せだったが、正直にそんなことをいっても、両親には

理解してもらえるはずがないので夫婦は黙っていた。子供ができなくても、それはそれで仕方がないという気持ちでいたのだが、両親たちには、「ネコばっかりかわいがっているからだ」「ネコは老後の面倒を見てくれない」など、やいのやいのといわれた。モトコの父は老後の蓄えを、不妊治療の費用として出してやってもいいとまでいいはじめた。

「そこまでしていただかなくて結構です」

モトコは丁重に断り、双方の両親からの文句を、「そうですねえ」「はあ」とのらりくらりとかわしていたが、二人になると、

「僕たち、親の面倒を見るために、この世に生まれてきたのか?」

「無視するつもりはないけれど、それを生まれたときから期待されていても……ねえ」

とそばに前足を揃えてちんまりと座っているトン子ちゃんに声をかけた。するとトン子ちゃんが、抜群のタイミングで、

「にゃあ」

と大きな声で鳴いた。ツヨシはさっと手を伸ばして抱きしめ、

「トン子ちゃんがいてくれればいいんだよ」

とささやくと、また「にゃあ」とかわいい声で鳴いた。

「お利口さんね」

モトコもツヨシの腕の中のトン子ちゃんの頭を撫でてやると、

「くう」

と小さな声で鳴いてうれしそうに目をつぶった。今の二人はこの三人の生活で、十分幸せだった。

結婚して十年後、夫婦はリフォームして現在も住み続けている一戸建てを購入した。二階建てで小さいが庭もあり、アパートよりも広くなったところで、ある夜、ツヨシが連れて帰ってきたのは、子ネコ二匹だった。

「トン子ちゃんがいるのに？」

モトコと一緒にいたトン子ちゃんも、キャリーバッグに入った子ネコ二匹に興味津々で、これまで聞いたことがないような鳴き声を出しながら、中をのぞきこんでいた。

「家が広くなったから大丈夫だよ」

彼がそういっても、事前に何も知らされていなかったモトコは、ちょっと不満だったが、キャリーバッグの中から出してもらって、んーっと伸びをした後、尻尾をぴんっと立てて歩き回る子ネコ二匹を見ていたら、

「あらー、かわいい」

と思わず声が出てしまった。子ネコのほうもわかっているのか、モトコに向かって前足を差し出して、まるで、

「よろしくお願いします」

といっているかのようだった。

ツヨシの会社の人が箱に入った二匹の子ネコを拾い、こっそり面倒を見ているのだが、動物飼育が禁止のマンションなので、どうしようか困っているという話を聞き、ツヨシが「それ、もらいます」と、一も二もなく連れてきてしまったのだった。

「キジトラのほうがスケちゃん、白地にキジトラのぶち柄のほうが、カクちゃん」

「名前も決まってるの？　助さん格さんみたいであんまりじゃない。もうちょっとかわいい名前を……」

「もう決めちゃったんだもんね。ね、カクちゃん」

そういわれたカクちゃんは、

「みゃあ」

と大きな声で鳴いた。

「あらー」

モトコは「あらー」しかいえなかった。トン子ちゃんを心配したが、十歳になった彼女は二匹の子ネコのそばに寄っていき、子ネコも甘えて、あっという間に仲よしになった。

子ネコが来てからは、トン子ちゃんの態度が変わり、「子ネコたちのお母さん」としてふるまうようになった。ツヨシは、

「子ネコにトン子ちゃんを取られた」

と今までどおりに甘えてこなくなったのを嘆いていたが、

「自分が面倒を見てあげようと思っているんだろうな。相性が悪いとそばにも寄せつけない子もいるから」

「そうなの。トン子ちゃんは性格がよくて優しい子なのね」

兄弟ネコは部屋の中を走り回り、ネコのおもちゃにじゃれ合い、いい加減、疲れる

と子ネコ用のベッドでくっついて寝た。するとそこへトン子ちゃんがやってきて、二匹を守るように添い寝をしてやり、交互に体を舐めてやっている。そういうネコたちの姿を見ているだけで、夫婦は幸せな気持ちになった。

子ネコが環境に慣れた頃を見計らって、モトコは日中、近所のスーパーマーケットにパートで働きに行くようになった。少しでも家のローンの足しにしようと思ったのだが、パートの先輩のおばさんたちに、子供がいないと話すと、必ず、

「それは寂しいわねえ」

と気の毒そうな顔をされるので、それが困った。パート先にまで親がいるようなものだった。そこでネコの話をすると、またいろいろといわれそうなので、働いている間は、「子供のいない気の毒な人」として過ごしていた。自分の子供もかわいいかもしれないけれど、家に帰ればあんなにかわいい子たちが、私を待っていてくれているのだと思うと、働いていても元気が出てくるようだった。そのとおり、ネコたちはモトコやツヨシが玄関のドアを開けると、三匹並んで、

「お帰りなさい」

をしてくれた。それを見るたびに、実の子でもこういうことはしてくれないだろう

と、思うのだった。

トン子ちゃんは後輩ネコたちをかわいがり、面倒を見てくれていたが、彼らが寝たのを見届けると、以前のように夫婦に甘えることが増えてきた。子ネコのために自分の愛を注ぐけれども、体から愛がなくなった分、夫婦に甘えて体内に注入しようとするようだ。トン子ちゃんが、

「にゃあ」

と鳴くと、ツヨシはすっとんでいき、

「はあい、なあに。抱っこかな」

とトン子ちゃんを抱っこする。抱っこする前に彼女が後ろ足で立ち上がり、前足を曲げて抱っこをしてもらう体勢で待っているのが、何といってもかわいいと、彼は抱っこしたトン子ちゃんに頬ずりをした。

「ぐふ、ぐふ、にゃあ」

トン子ちゃんもうれしそうだ。それを見ているとモトコは何となく悔しくなってきて、

（ふん）

と思いながらテレビを観ていた。観ていたといっても画面の中には神経が入っていかず、でれでれしている夫を横目で見ながら、

(いったい何を考えているんだか)

と呆れていた。嫉妬の対象がトン子ちゃんではなく、夫というのが、妻として問題かもとも考えた。

「ほら、お風呂の時間だからね」

トン子ちゃんと一緒にお風呂に入りたがるような夫のお尻を叩いて風呂に入れさせた後は、モトコとトン子ちゃんの時間である。ネコなりに考えているのか、トン子ちゃんは夫婦に平等に甘えていた。こんな小さな頭で、いろいろと考えているのだなあと思うと、余計に愛おしくなってきた。

「トン子ちゃん、かわいいね」

抱っこして声をかけると、目をぱちぱちさせて、恥ずかしそうな顔をした。

「んー、かわいい、かわいいっ」

そういいながら抱きかかえている腕を揺すると、

「うにゃん」

と小さな声で鳴いて、曲げた手で顔をこすった。体のどのパーツを見ても、かわいくないところがひとつもないのだった。

トン子ちゃんを抱っこしながら、ネコベッドの中の兄弟を見ると、こちらはこちらで、重ね餅状態になって寝ている。スケちゃんの首筋に頭を乗せてカクちゃんが寝ているので、スケちゃんが窒息するのではと心配になったが、そうはならないらしい。時々、目をつぶったまま手を伸ばしてにぎにぎしたり、ころっと仰向けになったりする。そして二匹がそれぞれそんな体勢になるので、複雑に入り組んだ姿で寝ていたりする。ツヨシはそんな姿を撮影し、何度もプリントを見直しては喜びを反芻《はんすう》していた。

結婚後十四年経っても、夫婦に子供ができる気配はなかった。双方の両親は、結婚後、十年、二十年経って、ひょっこり子供ができる夫婦もいると、自分たちの期待も込めていい続けていた。

「いい加減、諦めてくれてもいいのに」

夫婦はトン子ちゃん、スケちゃん、カクちゃんと食卓を囲みながら、孫に執着する親たちが、いつ諦めてくれるのかとため息をついた。

「孫と同じなんだから、この子たちをかわいがってくれたらいいのに」

「孫の代わりにはならないのよ。両親にとってネコはやっぱりネコなのよ」

モトコが箸を止めてつぶやくと、

「こんなにかわいいのにねえ、困ったもんですねえ」

とツヨシは三匹の顔を交互に眺めた。スケちゃんが大きな声で、

「にゃあ」

と鳴いたので、

「そうだ、そうだ、もっとかわいがってくれるべきだよな」

とツヨシは何度もうなずいていた。

いくらかわいいネコでも、生きている限り、別れのときがくる。トン子ちゃんの元気がなくなったのは十六歳のときだった。一年前、ツヨシの実家のマメちゃんが亡くなり、ツヨシが想像以上に号泣し、それなりに悲しんだ両親も驚いたほどだった。トン子ちゃんは動物病院で腎臓の数値がよくないとはいわれていたが、食欲もなくただ寝ていることが多くなってきた。少しでもよくなればと、モトコはトン子ちゃんの補液のために、病院に通い続けた。痩せて体がしぼんできたトン子ちゃんに比べて、六歳になった兄弟は、体も大きくなって立派なオスネコになっていた。子ネコの頃はト

ン子ちゃんが面倒を見ていたが、逆に兄弟のほうが、彼女に気を遣うようになった。愛用のぼろぼろのピンク色の小座布団の上で寝ている彼女の体を舐めてあげている。それでもトン子ちゃんは起きないでじっとしていた。

そして十六歳半のとき、トン子ちゃんは眠るように亡くなった。亡骸《なきがら》を二人で交互に抱きながら、夫婦はこんなに涙が出るのだろうかというくらいに泣いた。兄弟も事情がわかっているのか、ふだんよりもずっとおとなしくしていて、時折、「わお〜ん」と大きな声で鳴いた。

「何でたった十五、六年で亡くなるんだろうね。五十年も六十年も生きればいいのに」

ツヨシは泣き続けた。モトコは何もいえなかった。箱の中に花をいっぱい敷き詰めて、動かなくなったトン子ちゃんを入れ、ペット霊園で荼毘《だび》に付してもらった。

「帰ってきたよ」

お骨を見せると、兄弟はまた「わお〜ん」と大きな声で鳴いた。

「明日、会社に行く気になんかならない」

腫れた目でツヨシはいった。

「行かなくちゃだめよ。私もパートがあるし」

「忌引きにならないかな」

「なるわけないじゃない」

暗い顔で彼はうなずき、また掌で涙をぬぐった。

モトコは落胆しているツヨシのお尻を叩いて、会社に行かせた。悲しいのはツヨシ以上だ。しかし彼が落ち込んでいる姿を見ると、私まで嘆いていてはいけないという気持ちが強くなる。パートに出かけているときは忘れているが、家のドアを開けると、玄関でお座りして出迎えてくれる頭数が足りないので、

(ああ、いなくなっちゃったんだ……)

と再認識させられ、涙がじわっと出てくる。一方で食欲旺盛な兄弟が、

「御飯、ちょうだいよー」

と口々に訴えるので、急いで御飯をあげなくてはならない。待ってましたとばかりに、器に顔を突っ込んでいく兄弟の姿を見ると、この子たちがいるし、いつまでも悲しんでいるのはだめと、自分にいいきかせるのだった。

ツヨシのほうは、いつまでもじめじめとしていた。その日も会社から帰って、同僚

と昼食を食べていたとき、飼っている動物の話になり、トン子ちゃんの話をしていたら涙がだーっと流れてきて、みんなにびっくりされたといっていた。そんな話をして夕食を食べながらまた涙ぐむのだ。

「御飯を食べているときぐらい、泣かないでくれない」

またヨワシになっている彼に向かって、モトコは静かにいった。彼は鼻をぐずぐずさせながら、

「そうだよね、でもさ、思い出すとつい……。だってあんなにかわいかったじゃないか。その子がいなくなっちゃったんだよ」

「それはそうだけど。私たちにはどうしようもないじゃないの。たくさん泣いて戻ってきてくれるんだったらいくらでも泣くけど、そうじゃないんだったら……」

そういいながらもモトコも涙声になってしまった。パート先でもベテランになった彼女は、最近、パートとして入ってきた、同じくネコ好きの女性に、休憩時間にお茶を飲みながら、亡くなったトン子ちゃんの話をすると、彼女も、

「わかります。私も五年前にネコを見送りました」

と目にいっぱい涙を浮かべた。彼女はネコが亡くなってあまりに悲しくて、面識は

ほとんどないのに、近所の「ネコおばば」と呼ばれている女性を見かけて声をかけてしまった。彼女は古くて広いお屋敷にひとり暮らしで、随時、十匹以上のネコを保護して世話をしていた。この人になら自分の気持ちがわかってもらえるのではと涙まじりに話をすると、ネコおばばに、

「動物は人間よりも生死に関して深く考えて生きているわけではない。もちろん彼らにも喜び、悲しみはあるけれども、死に関してはあっさりしている。あまりに人間が悲しみすぎると、亡くなった動物たちは困ってしまうので、暮らしていたときの楽しかったことを、たくさん思い出してあげて欲しい」

といわれた。

「新しい動物を飼うのは、亡くなった子に申し訳ないという気持ちはあるだろうけれど、毎日、嘆いて悲しんでいるよりも、新しい子を自分と同じようにかわいがってもらったほうが、亡くなった動物もうれしい」

そして、

「一度、縁のあった動物は、一生、お付き合いが続くみたいだから、ご縁ができた子がいたら、前の子が戻ってきたと思って、またかわいがってあげて」

と励ましてくれたのだそうだ。

「なるほどねえ」

モトコは何度もうなずいた。トン子ちゃんの姿はなくなり、夫のツヨシが撮影した写真しか残っていないが、どうも部屋の中にいるような気配がある。彼にそういうと、

「当たり前じゃないかあ」

といってまた泣くので黙っているけれど、「あれっ」と感じたときに、兄弟ネコの様子をうかがうと、寝ていたのにさっと起きてきて、二匹できょろきょろしはじめ、尻尾をぴんっと立てて走っていく。モトコが後を追うと、部屋の中で二匹だけではなく、もう一匹加えたような雰囲気で追いかけっこをしている。そのときに、ああ、やっぱりとうれしくなる。気配はあるが姿が見えないのが悲しい。そして最後は兄弟が部屋の上のほうをじっと眺めて、追いかけっこは終わり、自分たちのベッドに戻ってまた寝るのだ。ちょっと遊びに戻ってきて、天国に帰ったのだろう。ツヨシのほうは食事をしているときも、膝の上にトン子ちゃんがいるといって、姿勢を崩そうとしない。最初は、

（この人、大丈夫かしら）

と案じていたが、彼は彼なりにトン子ちゃんの存在を感じていたのかもしれない。

モトコがパートから帰って、ツヨシに後輩のパートさんの話をすると、

「そうか。あの世のトン子ちゃんに精神的な負担をかけたらかわいそうだな」

と神妙な顔をしていた。あまり悲しまれると、困っちゃうんだってと念を押すと、

「そうかもしれないなあ。いくら泣いても、トン子ちゃんも見えない姿でしか戻ってこれないしなあ」

彼は真剣に考えていた。こんなにまじめな顔を見た覚えがなかった。きっと会社でもこんな顔はしていないに違いない。

ある日、鮮魚売り場のおじさんが、裏の調理場の陰からモトコを手招きした。何事かと近づくと、

「これ、ネコちゃんにあげてよ」

ビニール袋を渡された。そこには生のマグロの小さな切れ端が少し入っていた。

「ネコ、いるんでしょ。刺身をパック詰めするときに、ちょっとだけ出るんだよ。ネコ好き仲間っていうことで」

「うちの子たち、兄弟で食欲がすごいんです。喜びます。ありがとうございました」

自分がもらうよりも、ネコにもらうほうがずっとうれしい。親は自分が物をもらうよりも、子供が物をもらうほうがうれしいのかなと思った。

退社時間まで間があるので、トイレに行くときに、社員の休憩所に入った。ここには社員が自由に使える冷蔵庫が置いてある。

「あら、どうしたの」

足を組み、煙草を横咥《よこぐわ》えにして休憩していた、パートの先輩が声をかけてきた。

「うちのネコにお刺身の端っこをいただいたので」

破れたり、ラッピングに失敗して使えなくなった包装紙が置いてある箱から一枚を取り出し、それでビニール袋をくるんで、自分の名前を書いて冷蔵庫の中に入れた。

「そりゃ、よかったね。そういうのをネコ用に売ったら、売れるかもしれないね」

「そうですね。うちは人間がお刺身を買わない限り、ネコたちは食べられないので」

「でも最近のネコは贅沢になったね。ペットフードの売り場がだんだん大きくなって、地下の人間用の缶詰売り場よりも広いでしょ」

「そうですよ、本当に」

「おイヌさま、おネコさまだね。でもやっぱりかわいいもんね」

先輩はにこっと笑った。

「はい、そうなんですよ」

「昔、ずっと後をくっついてきたネコを飼ったときがあって、五年くらい一緒にいたかな。その子が死んじゃったときは本当に悲しくてさ。もう生き物は飼うまいと思ったね。今でも思い出すと涙が出る」

彼女はしばらく黙った後、人差し指で涙をぬぐった。

「そうなんですよね。うちもこの間、ネコが亡くなっちゃって」

「あらー、それはご愁傷様。でも他にもいるんだね」

「そうなんです、元気のいい兄弟が」

「それはよかった。かわいがってあげてよ」

「はい」

会釈して売り場に戻ろうとすると、先輩は、

「魚屋のおじさん、いいとこあるね」

とひとりごとのようにいった。

夕方、パートから戻ると、いつものように寝ていた兄弟が、んーっと伸びをしなが

ら出迎えにきた。いつもはモトコの顔を見て、二匹が声を揃えて、

「にゃあっ」

と元気のいい声を出すのに、兄弟の目はモトコの買い物カゴを凝視していた。

（あら、わかるのかしら）

キッチンに入っていくと、二匹も足早についてきた。そしてモトコの顔を見上げて、

「にゃああ、にゃああ、にゃああ」

と大声で訴えた。そして買い物カゴから品物を出して冷蔵庫に入れていると、それをいちいち目で追いながら、鳴き続ける。そして包装紙に包んだいただきものの刺身の端っこが登場するなり、兄弟は、

「うわああ、うわあああああ」

とひときわ大声を出し、後ろ足で立ち上がってモトコにすがりついてきた。

「えっ、ちょっと待って、ちょっと待っていなさいって、こら、爪を立てるのはやめなさい。あーあー、またストッキングが破れたじゃないの！」

兄弟は興奮状態になり、今度は、

「うわああ、うわああ」

と鳴きながら、モトコの周りをぐるぐると回りはじめた。

「わかったから、ね、じゃ、これを食べていなさい」

モトコは棚からネコ用のおやつを取り出して、皿に入れてやると兄弟はそれぞれの皿に頭を突っ込むようにしてあっという間に完食したが、すぐにモトコの顔を見ながら、「これじゃない」という表情になった。モトコは一瞬、ぎょっとしたものの、

「後でお父さんと一緒の御飯のときにあげるから。それまで我慢してちょうだい」

と疑いの目つきで興奮ぎみの兄弟を落ち着かせ、夕食の用意をしながら、さすが、ネコは侮れないと首を横に振った。

ツヨシが帰ってくると、兄弟はふだんよりも興奮していた。事情を知らない彼は、

「何だかいつもより、好かれてる」

と喜んでいた。モトコは、

「お父さんが帰ってこないと、おいしいものがもらえないからね」

といいながら夕食のおかずをテーブルに並べた。ツヨシもそれを手伝いながら、

「おいしいものをもらえるのか。いいなあ」

と兄弟に話しかけていたが、ネコたちはツヨシに目もくれず、モトコに向かってわ

ああと鳴き続けた。

「はい、ちょっと待ってね」

もらった刺身の端っこを五等分し、そのうちのひとつを、棚の上のトン子ちゃんの写真の前に置いた。兄弟は大騒ぎである。そして残ったものを二つずつ、お皿に入れて、

「お待たせしました、どうぞ」

と床に置こうとすると、その前に兄弟はくらいついてきた。

「うおん、うおん、うおん」

声を出しながら二匹はものすごい勢いで食べ尽くした。

「マグロの刺身か、よかったなあ。あれ、人間のほうにはないの？」

ツヨシは目の前に並べられたおかずを確認している。モトコが昼の出来事を話し、

「人間にはありませんよ。今日は二十三日だし。懐が厳しいときなので、そういう余裕はないの。お給料が出たらそのときは考えます」

そうきっぱりというと、ツヨシは素直に、

「わかりました」

と小声でいって箸を取った。兄弟は満足そうに手で顔を撫で回し、いつものカリカリとネコ缶も食べて、自分たちのベッドに移動して寝た。トン子ちゃんにお供えした刺身も、モトコたちが寝る前に分けてもらって、兄弟は尻尾を立てて大騒ぎだった。そして給料日には、人間にはマグロとタイのお刺身の二品が加わり、兄弟もそのお裾分けをもらって、目をぱっちりと見開いて、歓声をあげていた。

モトコのパート先ではパートを含めた、社員全員の集まりなどは特にないので、モトコは周辺の人からの噂で、他の担当の人となりがわかるような状況だった。

「実はね、あの人もネコ好きなのよ」

いつも煙草休憩をしている、パートの先輩がいろいろと教えてくれた。いつもネコの柄がついた服装をしている女性は、たしかにそうだろうとわかったが、仕事に厳しいいかつい顔のフロア長や、無口で黙々と品出しをしている、ベテランの男性パートさんが、ネコ好きと知って、モトコは急に親近感を覚えた。これまでは顔を合わせたときに、会釈したり挨拶をする程度だったが、これからはちゃんと話ができるかもしれないと、うれしくなった。その半面、一見、優しそうな衣料品売り場担当の社員の男性が、とにかくイヌやネコが大嫌いで、これまで何匹も保健所に連れていったというのを聞いて、モトコは大嫌いになった。

「ひどい奴でしょ。私もね、奴が当たり前のように、そういったのを聞いて、頭にきちゃってさ。あんた、イヌやネコは私たちと同じように、生きる権利があるんだよって、怒鳴りつけてやったのよ。そうしたらさ、『イヌやネコなんてどうせ畜生なんだから』なんていってさ。まったくああいう人間はいやだね。どういう育てられ方をしたんだろう」

先輩は涙目になった。その話を聞いたモトコも、悔しくて涙が出てきて、

「悪い念を送ってやりますっ」

と宣言した。あまりに悔しいので帰宅したツヨシにもその話をしたら、

「許せん」

と珍しく怒っていた。以来、衣料品売り場の彼と顔を合わせると、仕方なしに挨拶はするが、そうでないときは彼の背後から、

（悪いことが起きますように……）

と念じるようになった。その念が通じたのか、ひと月後に商品が入った段ボール箱を抱えて階段を下りているときに、足を踏み外して捻挫をした。ちょっと溜飲が下が

ったが、

（まだまだ足りない）

と念じていたら、半年後に彼が自転車に当て逃げされて通院した。さすがにそれ以上は大事になると念じるのはやめ、彼から見えないところでにらみつけるだけにした。それでもモトコの怒りのパワーのほうが勝ったのか、お惣菜売り場で調理の助っ人に入ったときに、天ぷら油で火傷《やけど》をしたり、倉庫で荷物の整理中に棚の角で頭を打って三針縫ったりと、ちょこちょこと彼は痛めつけられた。煙草休憩の先輩は、

「念、効いてるね」

と小声でいってくすっと笑った。イヌやネコたちの命を奪ったことを考えたら、そのくらい何だ、とモトコたちは憤慨していた。

兄弟ネコは二匹で遊びつつ、食事を奪い合いつつ、たくさん食べて寝て大きくなっていった。小さいときは一人で両腕に抱えられたが、一匹が六キロ以上あると、とても一人では抱えきれず、夫婦で一匹ずつ抱っこして、テレビを観たりしていた。最初は一緒にテレビを観ているのだが、そのうち体勢を変えて膝の上に仰向けになり、お腹をさすれと訴える。

「はい、わかりました」

夫婦でそれぞれの膝の上のネコを撫でてやっていると、そのうち両手で顔を隠すようにして寝てしまい、体重は変わらないはずなのに、ずっしりと膝に重さが加わった。それでも二人はその重さがうれしくて、

「カクちゃん、口を半分開けて寝ているよ」

「スケちゃんは口をもぐもぐさせているから、何かおいしいものを食べている夢でも見ているのかな」

などと話していた。そんな二人を双方の両親は呆れた目で見ていた。しまいには、

「あんなにかわいがっているのだから、もしかしたら万一のときには、ネコが死に水を取ってくれるかも」

などというようになった。

五十歳を前にして、ツヨシが部長に抜擢された。人数が多い会社なので、重要なポストを得るには大変だし、ツヨシは昇進したいと考えるようなタイプではまったくなかった。社内の噂にのぼらなかったツヨシが、部長になるということで、本人がいちばん驚いていた。ツヨシの両親は、「息子の地道な努力が実った」と喜び、モトコの

両親も「男を見る目があった」と娘を褒めた。

「まかされたからなあ、お父さん、がんばるよ」

ツヨシはそういいながらネコと一緒にごろごろしていた。

昇進の挨拶、御礼などでばたばたしているとき、カクちゃんの食欲がなくなってきた。毛並みもぱさぱさしてきて、鳴き声も元気がない。毎朝、出勤する前には、今までよりもちょっとぱりっとした、ワイシャツ姿になったツヨシは、

「カクちゃん、元気でいるんだよ」

と頭を撫でて抱っこしてから、スーツの上着を着て出勤するようになった。それでもカクちゃんの毛がつくので、モトコが、

「払っていったら」

と洋服ブラシを渡しても、

「いや、ワイシャツについているくらいはいいよ」

と手で払って家を出て行った。

モトコはパートを休んで、毎日動物病院にカクちゃんの補液に通った。キャリーバッグに入れているカクちゃんの体は、日に日に軽くなっていく。スケちゃんも心配な

のか、横たわるカクちゃんのそばを離れずに、頭のてっぺんを舐めてやったりしている。するとカクちゃんはうれしそうに目を細めて、スケちゃんの顔を舐めたりする。そんな姿を見ているうちに、モトコは涙が出てきた。

「スケちゃん、カクちゃんに、『元気出して。御飯も食べてね』っていってあげてちょうだい」

今までは家の中で、バスケットボール二個がいつも弾んでいるようだったのに、今は家の中の空気は、これから暑くなるというのに、ひんやりとしていた。

七月の終わり、カクちゃんは息を引き取った。ツヨシとモトコは寝ないでずっと見守り、体をさすってやったりしていたが、深夜、最後はツヨシの腕の中で静かに息を引き取った。弱っていく姿を見ていて、覚悟をしていたとはいえ、トン子ちゃんの死も経験していたはずなのに、まったく慣れるということはなかった。ツヨシは何度もカクちゃんの名前を呼びながら、

「スケちゃんとカクちゃんでひと揃いなんだよ。一人で天国に行っちゃやだめじゃないか」

と亡骸を抱きながら大泣きした。傍らでスケちゃんもしょんぼりしている。

「こんなことなら部長になんかならなくてよかった。平社員でいいから、カクちゃんに長生きして欲しかった」

翌日は重要な会議が控えていた。

「少し寝たら。私は明日もパートは休みで大丈夫だから」

モトコが声をかけると、ツヨシは、

「会社を休みたい」

とまたヨワシになった。

「また、そんなことといって。トン子ちゃんのときもそうだったでしょ。責任のある立場になったんだから、ちゃんと会社に行かなくちゃだめ」

自分だって悲しいのに、どうしてツヨシを怒らなくちゃならないのかと、モトコの気持ちもぐちゃぐちゃになってきた。

「あまり悲しむと、あの世に行った子が困るっていう話を聞いたでしょう。会社を休むほうが、カクちゃんが悲しむと思うわ」

「そうだな。カクちゃんを悲しませちゃいけないな」

しばらく黙っていたツヨシはうなずき、「寝る」とつぶやいて寝室に入っていった。

モトコはずっとカクちゃんの亡骸を抱っこしたまま朝を迎えた。スケちゃんもずっとそばにいてくれた。カクちゃんをネコベッドに寝かせ、朝食の準備をしていると、仮眠をとったツヨシも起きてきて、カクちゃんの体を撫でてやりながら、

「起きてこないね」

と悲しそうにいった。モトコは黙ったまま、玉ねぎを切っていた。ツヨシは目を腫らしたまま、いつものようにネコたちを抱っこして、

「お父さん、行ってくるよ」

と家を出て行った。モトコがふと後ろ姿を見ると、鞄も持たずに手ぶらで家を出ようとしていたので大声で呼び止めた。

一年後、スケちゃんも後を追うように亡くなった。カクちゃんのときと同じように、ペット霊園で火葬をしてもらい、仕方がないこととはいえ、壺が三つ並んだ棚を見て、夫婦はため息をつくばかりだった。モトコがパート先の休憩のとき、ネコがいなくなってしまったと嘆いていたら、半年後、ネコ好きネットワークの、日用品担当の女性から、子ネコを拾った人がいるのだけれど、と声をかけられた。この半年間、ネコがまったくいない生活がこんなに虚《むな》しいとは想像もしていなかった。夫婦だけの家の中

は、いつもしーんとしている。ネコがいるときは、じゃれ合ったり喧嘩をしたり、大騒ぎをして鳴いたりして、「うるさいよ」などといっていたのに、そのうるささがないのが、こんなに寂しいものだとは思わなかったのだ。

彼女の携帯の画像を見せてもらうと、真っ白なかわいい子ネコが口を開けている。心が揺さぶられた。頭で考える前に「飼います」という言葉が口から出ていた。すると彼女はすぐに保護した人に連絡を取って、退社時間に合わせて、これから車で連れてきてくれるという。これから？　と驚いたが、またうちにネコがやってくると思うと、目の前がぱっと開けたような気持ちになり、パートの時間もあっという間に過ぎていった。

その子は子ネコ用フード、おやつ、おもちゃを持参金代わりにして、モトコの家にやってきた。少しでも離れるのがいやなのか、みーみーと鳴いて抱っこをせがんでとても愛らしい。兄弟の名前はツヨシが勝手につけてしまったので、今度は自分が決めてしまおうと、ルルちゃんにした。九時過ぎにツヨシが帰ってきた。

「おかえりなさい」

ルルちゃんを抱っこして出迎えると、ツヨシの顔が、わあっという子供のような表情になった。

「どうしたの、ねえ、どうしたの。かわいいなあ、あなたはどこから来たのかな」

ツヨシは靴を脱ぐのもそこそこに、鞄を廊下に放り投げ、モトコの手からルルちゃんを奪って抱っこしたまま居間に入っていった。モトコは事情を話し、

「名前はルルちゃんです。よろしくね」

といった。

「かわいいなあ、ちっちゃいなあ、そうかあ、お父さんだよ」

抱っこされたルルちゃんが小さな手でツヨシの顎《あご》を撫でると、彼はでれでれして頬ずりした。その夜、ツヨシはずっとルルちゃんを手から放そうとはしなかった。

ルルちゃんは美しいオッドアイのネコに成長し、ツヨシ自慢の美人ネコになった。スケちゃんカクちゃんは、どちらかというと御飯をくれるモトコに懐いていたが、ルルちゃんはツヨシのほうに懐いているのが、モトコは気にくわなかった。ツヨシもそれがわかっていて、

「ルルちゃんは、お父さんがだーい好き」

といいながら抱っこして、ちらりとモトコの様子をうかがう。そのときにルルちゃ

んもちらりと横目で見てくるのが、ちょっと腹立たしい。

「ルルちゃん、わかってる？　このお家に来られたのは、お母さんが連れてきたからよ。わかってるわよね」

そういうと、小さな声で、

「みー」

と鳴いて、両手を伸ばしてきた。モトコが抱っこしてやると、ぐるぐるといいながら体をこすりつけてくるので、小さな嫉妬はそれで消えてしまった。

「男の子は単純だけど、女の子はいろいろなテクニックを持ってるねえ」

ツヨシは感心したようにいった。抱っこされたルルちゃんは、

「うふっ」

という顔でじっとモトコの顔を見上げていた。

せっかく部長になったのに、ツヨシは会社の早期退職者募集に手を上げて、還暦前に会社をやめてしまった。モトコとしては彼には彼の考えがあると、反対もせずに承諾したのだが、彼は、

「これで、思いっきりルルちゃんと一緒にいられる」

といい、毎日、ルルちゃんとごろごろするようになった。それだけでは足りなくて、近くの公園に住みついているネコのお世話をしている保護団体の人と親しくなり、御飯をあげた後の掃除などの手伝いもするようになった。

「自分は仕事をやめたのに、モトコさんが働いているのは申し訳ない」

と、パートをやめていいといったが、彼女はずっと家にいる彼と顔をつきあわせるのはいやなので、パートはずっと続けていた。

毎日が日曜日になった彼は、まるでネコおじさんだった。モトコがパートから帰ってくると、「今日のルルちゃん」はもちろんのこと、公園の外ネコたち、隣町の小さな橋の下に住みついているネコ一家について、スマホの画像と共にモトコに報告してきた。モトコも外にいるネコたちの動向は気になるので、保護団体の人たちが保護したネコの、不妊手術代や御飯代、通院費用などをたびたびカンパするような日々を続けていた。ツヨシの両親も健在、モトコの両親は介護つきマンションに転居した。モトコの父は、

「まだ、ネコネコいってるのか」

と呆れていたが、母は、

「ネコちゃんたちの画像をいっぱい送ってね」

と楽しみにしていた。

夫婦が前期高齢者になったのを機に、モトコはパートをやめた。煙草休憩の先輩はすでにやめていて、いつの間にかパートの最長老になっていた。

「お疲れさまでした」

ツヨシが彼女に内緒で、近所のおいしいと評判の店で、退職祝いのケーキをオーダーしてくれていた。できれば外で食事をしたかったのだが、十六歳になったルルちゃんを一人置いて、外には出られないと夫婦は判断したので、夫が製作担当のお好み焼きでの夕食である。ルルちゃんはエプロンをしたツヨシの膝の上で丸くなっている。

「僕たちも前期高齢者か……」

ツヨシがため息をついた。

「老老家族なのよ、うちは。私たちは今年六十六歳だし、ルルちゃんも人間でいえば八十歳くらいでしょう」

「そんなになるのか」

へらでホットプレートのお好み焼きを返しながら、「そうか」を連発した。

「両親たちも何とか元気でいてくれているし。まあ幸せなんじゃないの」

モトコは腰を浮かせて、彼の膝の上のルルちゃんをのぞきこみながらいった。

「そうだなあ。今のところはなあ。でもルルちゃんは僕たちの四倍速で歳を取るわけだし。またあんな思いをするのは辛いよなあ」

ホットプレートからの煙にやられたのかどうかはわからないが、明らかに涙目になっている。また涙目かとモトコは冷静になりつつ、

「それは仕方がないわよ。動物を飼ったら最期を看取ってあげるのが、飼い主の責任でしょう。悲しみを背負うのも含めて」

「それはそうだけどさ、やっぱり悲しいじゃない。今だって、ルルちゃんが亡くなったときのことを考えると涙が出るよ」

彼の目から涙が流れてきた。モトコも胸が詰まったのは一緒だが、

「辛気くさくなるからやめて。それはそれ、これはこれ。私、おいしいお好み焼きを食べたいんだけど」

と力強くいった。

「そうだよね、そうだね。もう少しで焼き上がると思うから」

彼がへらで裏の焼け具合を見たとたん、ルルちゃんが体を起こし、膝の上にちんまりと座った。そしてあくびをひとつしたかと思うと、じーっとホットプレートを見ている。

「あら、起きたの。今日はルルちゃんが食べられるものはないんじゃないかな」

モトコが声をかけると、ルルちゃんは鼻をひくひくさせながら確認している。

「ルルちゃーん、長生きしてくれよ。そうじゃないとお父さん、悲しくてたまらないよ」

ツヨシはへらを置き、ルルちゃんを後ろから抱きしめた。モトコは目の前のツヨシの姿を見ながら、

(もうわかった、だから早くお好み焼きを。焦げちゃうから)

と念を送ったが、ツヨシは表情ひとつ変えないルルちゃんをいつまでも抱きしめていた。

男やもめとイヌ

コウジが六十歳になってひとり暮らしなのは、五十五歳のときに、妻ユリコから一方的に離婚をつきつけられて、熟年離婚をしたからである。たしかに共働きの妻とは会話は少なかったけれども、働く妻、特に仕事への意欲、能力が高い妻がいる家庭は、このようなものだと思っていた。妻は会社の二年後輩だった。仕事ができると評判で、先輩のコウジも彼女の仕事ぶりは認めていた。英語も堪能で、外国人の客が訪れるとなると、彼女が駆り出された。飲み会があって隣同士に座り、竹を割ったような性格を好ましく感じ、おそるおそる交際を申し込むと、OKが出たのだった。その二年後、彼女は「この会社にいても先が見えないから」と、外資系の企業に転職していった。

彼女が三十歳になったときに二人は結婚した。生活を共にするにあたって、生活費等は折半でという彼の申し出に対し、妻は、

「私のほうがあなたよりも収入が多いのだから、その割合で計算するようにしましょう」

といった。そうなるとコウジのほうが出すお金が少なくなり、自由に使える小遣いが増えるので、うれしい半面、男として何となくもやもやとした感情があった。彼女の収入を自分が上回るなどありえないので、家を買うときもそのときの収入の比率で費用を出した。

「持分もそれに則って登記しますから」

書類を見ると妻七、コウジ三の割合になっていた。妻は会社で能力を認められ、出世しているのは知っていたが、こんなに収入格差が広がっているとは思わなかった。

子供はコウジが三十六歳のときに生まれた。すべて妻主導で命じられるままに従っていたら男児に恵まれた。新婚当初から、

「子供は一人だけしか産まない」

と妻に宣言されていた。大変な思いをして産むのは彼女なので、それもよしとした。ところが子供の教育に関しては厳しく、幼児のときから英語教育をする教室に通わせ、他にも知能発達に効果があるというスクールに通わせていた。コウジが、

「男の子なのだし、野山を走り回って虫を捕ったり、転んだりするのがいちばんいいのではないか」

というと、妻はキッとした顔になって、

「そんなことをしていたら、あなたみたいな人になるじゃないの」

とにらまれた。国際社会になっているのに、ろくに英語で仕事の交渉もできず、大多数の会社員として埋もれてしまう人に息子がなるなんて耐えられないと首を横に振った。ひとこと文句をいうと、百倍になって返ってくるので、いつもコウジは黙るしかなかった。そして妻は息子に対して、ふたこと目には、

「ダッドのようになってはだめよ」

といい続けた。まだ小学校にも通っていないのに、妙に発音のいい英語で話す息子と妻が談笑しているのを横目で見つつ、コウジは、

(何がダッドだよっ)

と鼻から息を噴き出していた。そんな教育方針なので、有名小学校に入れるために予備校にも通わせ、入学試験が近づくとますます妻は般若のような顔になった。コウジは妻が作成したシナリオどおりに面接のリハーサルを何度もやらされ、「もっと感

じよく笑え」「姿勢よくはきはきと」と注意された。

「あなたのせいでこの子が落ちたら、親としてどうやって責任を取るつもり？」

何度も念を押された。落ちたら近所の公立小学校に入ればいいじゃないかという言葉をぐっとのみこんだコウジは、わかったとだけ返事をし、妻にいわれたように、姿勢をよくして感じよく笑い、はきはきと聞かれた質問に答えるのに留意した結果、無事、息子は小学校に合格した。コウジはどっと疲れた。

妻と息子はほぼ一心同体のように、仲がよく生き方も一致しているようだった。会社の帰りに居酒屋で一杯やって帰るコウジに対して、二人は冷たい目を向けてきた。妻はイタリアンレストランで、ワインについて蘊蓄《うんちく》のひとつもいえるような男じゃないと、みっともないと考えるタイプだった。コウジはグラスのワインをぐるぐる回したり匂いを嗅いだり、渋味と麦わらの香りがどうのこうのなど、わけのわからないことをいう男なんてごめんだと思ったが、とてもじゃないけどいえないので黙っていた。

反論、反抗もせずに黙り続けていたら、息子が高校を卒業して海外の大学に進学が決まったのと同時に、妻から、

「もう一緒に暮らしたくない」

といわれた。すでに妻に対して愛情はなかったし、息子はかわいいけれども、彼も自分の人生の第一歩、といっても母親の一味になった人生を歩み出していたので、父親として自分の出番はなさそうな気がしていた。向こうが自分に何かを求めてきたら、親なのでもちろん何かをしてやりたいが、特に相談などもなかったので関係は希薄だった。何をいっても妻にやりこめられるのは目に見えていたので、すべて彼女のやり方に従った。現在の査定額に従って家の価格の三割を支払うので、家を出て行くようにといわれた。妻と争ってこちらの気力や体力が奪われるのを避けたくて、コウジはそれに従った。

そして今のアパートには、五年前に家を出された直後から住んでいる。妻から支払われた自分の持分を頭金にして、マンションを購入しようかとも考えたのだが、自分が亡くなった後を考えると、賃貸のほうが気楽と考えて、生活に便利そうな地域を重点的に探した。元の住まいは車があると便利だが、徒歩で買い物に行こうと思っても、住宅環境が整いすぎていて、下駄履きで生活できない不便さがあった。

新しい住居を探すとき、寂しい思いは多少あったけれども、これからは自分の好きなように生きられると考えると気が楽になった。単身の中年男に住居を貸してくれるところはあるかと、不動産屋にあたっていたら、紹介してもらえたのが今の部屋だった。六畳、四畳半と四畳程度の台所がついている、居室はすべて畳敷きの2Kの古いアパートだった。大家さんはちゃきちゃきした七十代後半のひとり暮らしの女性で、アパートの一階に住んでいた。二階に二部屋があり、隣の部屋は八十歳を過ぎた男性が一人で暮らしていた。

「あんたはまだ若いからいいけど、隣のじいさんは気をつけてあげないとさ」

大家さんは、毎朝、庭から二階に向かっておじいさんに声をかけていた。アパートのある場所は、近所に大きな商店街があって、安い惣菜屋や居酒屋が並んでいた。妻が好きな片仮名ばかりの店が並ぶ、ガラス張りのすかしたショッピングモールよりも、はるかに生活しやすかった。会社の人事担当者に、住所変更届を提出したとき、都心の住所から、下町の○○荘になったのを見て、一瞬「！」といった表情になったが、何事もなかったかのように処理してくれた。その後、社内で自分を見る目が何も変わらなかったところを見ると、彼女は人事担当の守秘義務を全うしてくれたのだろう。

コウジは六十五歳の定年まで勤める気力はなく、六十歳で退社した。

退社して半年ほど経った日の夕方、商店街の焼き鳥屋で串焼きセットを買い、公園のベンチで夕日を眺めながら缶ビールを飲んでいた。ここでは「この人、ぼーっとして変だわ。不審者がいるって連絡したほうがいいかしら」という目で見てくる奥様方はいない。それどころか、

「いいねえ、最高だね」

と見知らぬおじさんやおばさんが声をかけてくれたりする。

「あ、どうも」

ぺこっと頭を下げると彼らはにっこり笑って去っていくのだった。風も出てきていい感じになってきたとき、そばの植え込みでがさがさっと音がした。何だろうと見ていると、黒と茶色が混ざったような毛色の痩せ細ったイヌが出てきた。小さく尻尾を振りながら、串焼きのトレイをじっと眺めている。

「どうした、腹が減っているのか？」

イヌは首輪をしていなかった。コウジの顔を見上げて、明らかに、

「これをくださいっ」

という目になっている。

「串を抜いてやるからな。ちょっと待って」

コウジがモモ、ササミ、レバー、ハツを少しずつやると、ものすごい勢いで食べた。また追加で同じ量をやったらそれも完食した。小学生の頃、家で飼っていた雑種のペスに、給食の余ったパンをやったことを思い出した。

「どうしたんだろう。散歩かな」

コウジはベンチに座ったまま、周辺を見回して、声をかけながら何かを捜しているような人はいないかと、しばらく見ていたがそんな人は見当たらなかった。

「さて、どうするかなあ」

アパートに帰ろうとしたものの、イヌはぺったりとコウジにくっついて離れない。尻尾もさっきとは違い、ぶんぶんと勢いよく振っている。立ち上がって帰ろうとすると、足取り軽く後をついてくる。小走りになってもうれしそうにくっついてくる。

(困ったなあ)

立ち止まってイヌを見ると、目をくりくりさせて彼の顔を見上げている。

「家に帰らなくちゃだめだぞ。おれが誘拐犯になっちゃうからな」

そういって帰ろうとしても、イヌはうれしそうに跳ねながらまとわりついてきて、結局、アパートまでくっついてきてしまった。

「あら、ワンちゃん、どうしたの」

庭を片づけていた大家さんに見つかった。

「公園にいたらくっついてきちゃって。あっ、おれがやりますよ。ここに移せばいいんですね」

コウジがプランターを移動している間に、大家さんがイヌの頭を撫でると、すぐに仰向けになって腹丸出しにして喜んでいた。

「かわいい子だねえ。飼えば」

「は？　飼い主がいるんじゃないですか。今時野良イヌなんていないでしょう」

「飼えなくなっちゃって、首輪を外して捨てる、質《たち》の悪い飼い主がいるんだよ。この子、首輪をしてないし、その可能性があるよ」

「捨てられたんですか」

「そうじゃないのかなあ。お腹もすかせていたんじゃない？」

「そうなんですよ。焼き鳥をすごい勢いで食べて」

「かわいそうに。きっとそうだよ。これも縁だからさ、飼ってあげればいいじゃない」

「いいんですか」

「うん。もし飼い主が見つかったら返せばいいじゃない。だってこのまま放ってはおけないでしょうよ」

「でも吠えるかもしれないし」

「多少吠えるのはしょうがないさ。隣のじいさんは耳が遠いから平気だよ」

コウジは、はあそうですねえといいながら、外階段を上ろうとすると、イヌのほうが先に二階に上がり、尻尾を振ってコウジが来るのを待っていた。

「ちゃんとさ、居場所を作ってやりなよ。バスタオルをたたんだものでもいいからさ。明日にでも動物病院に連れていって、先生に診てもらったらいいよ」

大家さんは早口でいった。

「はい、ありがとうございます」

部屋のドアを開けるやいなや、イヌはさっと入っていき、まずぐるりと部屋の隅から隅まで匂いを嗅いで回り、尻尾を振りながらコウジの顔を見上げた。ドアがノックされたので開けると、大家さんが大中小の縁高の食器を持って立っていた。

「これ、この子のために使ってよ。それとお水もあげて。それじゃ」

礼をいう間もなく、彼女は帰っていった。

「そうだ、水は飲んでいないものな」

早速、水道水を器に入れて、イヌの前に置いてやると、ものすごい勢いで飲んだ。

「喉が渇いていたんだね。ごめんよ」

彼が首筋を撫でてやると、イヌは器から顔を上げて、彼の顔をぺろりと舐めた。

「よしよし、たくさん飲めよ」

水を飲んだイヌは、室内を歩き回り、コウジの寝室の隅を寝る場所と決めたらしく、そこでくるりと丸くなった。彼はあわてて押し入れからタオルケットを取り出し、たたんで置いてやると、その上に移動して目をつぶった。獣臭がひどいので、湯沸かし器のぬるま湯を溜めて古タオルを濡らし、寝ているイヌの体を拭いてやった。一瞬、目を開けたが拭かれるまま、じっとしていた。

「ちょっと買い物に行ってくるからな、おとなしく寝ているんだよ。わかったね」

コウジは部屋を出て、商店街に走った。困った、困ったとあせりながら、なぜか頬はゆるんでいた。

まず動物病院の診療時間を確認し、百均でリードを買い、こんなのが好きなのかもしれないとイヌ用のおもちゃもついでに買ってきた。次にドラッグストアに行き、とりあえず目についたドッグフードと、そういえばトイレはどうするのかと気になって、ペットシーツを買い、ダッシュで帰った。家に戻るとずっと前からこの部屋にいるかのようにイヌは寝ていた。どんな状況で公園の植え込みにいたのかはわからないが、安心して寝られる状況にはなかっただろう。この姿を見ると、とてもじゃないけれども、ここからまた外に出すことはコウジにはできなかった。その日はイヌの隣に布団を敷いて寝た。

翌朝、コウジはイヌに顔を舐められて目が覚めた。ふだん起きる時間よりも二時間早い。びっくりして飛び起きたが、ああそうだ、昨日、イヌがやってきたのだと思い出した。イヌは昨日と打って変わって元気になり、室内を跳ね回っていた。

「散歩か？　ちょっと待ちなさい」

ペットシーツには用を足していなかったので、散歩のときにするタイプなのかもしれない。となるとあまり待たせるのはかわいそうなので、コウジはまだ起きていない頭のまま、レジ袋に新聞紙を入れて、百均で買ったリードをイヌにつけて外に出た。イヌはリードをいやがりもせず、うれしそうに歩いていた。時折、確認するように何度も振り返ってコウジの顔を見上げるしぐさが愛らしい。

特に散歩ルートも決めておらず、イヌが歩くのにまかせていた。近所をぐるりと一周した後、公園のほうに歩いていき、そこで中腰になって、

(あっ、出ます)

の状態になった。コウジは排泄物を受けられるように急いで新聞紙を広げ、用を足し終わるとそれを包んでレジ袋に入れた。イヌはちゃっちゃと後ろ足で何度か蹴るしぐさをした後、ますます元気になって歩きはじめた。

「ちょっと、ちょっと待って」

歩くのに慣れていないコウジが、そばのベンチに座ってひと息ついていると、イヌもおとなしくそばに座った。何度かあくびをして、コウジもだんだん目が覚めてきた。これからは毎朝、この時間に起きるようになるのだ。ランニングをしている人が多い、そこそこ広い公園を一周して戻ってきた。

「あらー、お帰り」

敷地前の道路を掃除していた大家さんを見たとたん、イヌはダッシュで飛びついた。

「ああ、いい子だねえ、お散歩してきたの。よかったね。お利口さんだね」

両手で体をさすってもらい、イヌは後ろ足で立ち上がって、ただただ喜んでいる。

「他のイヌと出会っても吠えないしおとなしいんですよ。ただよく歩くんで、こっちが大変で」

「体のためにはいいじゃないの」

イヌは会話をしている大家さんとコウジの間を尻尾を振りながら、行ったり来たりしている。

「名前は？」

「いえ、まだです」

「早くつけてあげなきゃ。いつまでも名無しのわけにはいかないでしょう」

「大家さん、つけてくださいよ」

「えーっ、うーん、そうだねえ。ランちゃんっていうのはどう？　何かかわいいじゃない。私、ランの花が好きなのよ」

「そうですか。ありがとうございます。じゃあ、今日からきみはランちゃんだからね」

「ランちゃん、よかったね。かわいがってもらうんだよ」

ランは二人の顔を見ながら、ますます尻尾を大きく振った。部屋に上がる前に足の裏を拭いてやってもいやがらない。一人と一匹は御飯を食べ、午後にランの体をタオルで拭いてやってから動物病院に連れていった。書類には名前を書く欄があり、コウジは大きな文字で「ラン」と書いた。

先生からは三歳くらいの雑種のメスだといわれ、特に目立った病変は見つからなかった。しかし妊娠しているといわれたのは、コウジにとっては問題だった。

「ということは数が増えるということですよね」

先生は一瞬ぽかんとしていたが、

「そうですね。できればお産をさせて、その後に避妊手術をしたほうがよいとは思うのですが」

という。

「はあ、まあ、それはそうですよね」

気持ち的にはそうしたかったが、現実的に頭数が増えるのは大きな問題だった。診察中もまったくいやがる気配がなく、先生や看護師さんからも、とってもいい子と褒めちぎられて、うれしそうなランに比べ、コウジは、うーんとうなりながら帰ってき

た。困ったときはすべて大家さんに相談とばかりに、その話をすると、

「あら、めでたい。どうせたくさん産んだって四匹か五匹がいいところでしょ。大丈夫、私が責任持って養子先を探すから。もし見つからなかったらさ、ここで飼えばいいじゃない。年寄りばっかりで不用心だから、ちょうどいいよ」

といってくれて、コウジはとても気が楽になった。前の家に住んでいたときには、困り事があって近所の人に相談するなんて、絶対になかった。

ほっとしたコウジは、

「いい子を産めよ」

といい続けてランをかわいがった。心配になってあまりにひんぱんに動物病院に連れていくので、先生に、

「そんなに気にされなくても大丈夫ですよ」

といわれてしまうほどだった。ランのお腹も目立つようになり、押し入れの中に入りたがるようになったので、段ボール箱の中にタオルを敷き詰め、産屋を作ってやった。

そろそろ出産かというとき、コウジは心配で布団で眠れず、壁に寄りかかったまま

うつらうつらしていた。そしてはっとして起きたときには、三匹の子イヌが生まれていた。どの子も元気にお乳を飲んでいる。

「よかった……。がんばったな」

ランに声をかけると、「やりましたっ」といっているように見えた。小さな手足をふみふみしている子イヌたちを見ながら、おれは別れた妻が出産したときに、こんなに心配しただろうかと考えた。気の強い人なので、放っておいても大丈夫という気持ちと、どこか気恥ずかしい思いがあり、出産当日は立ち会いもせず、会社の同僚とカラオケをした後、徹夜で麻雀をしていたのだった。もちろん元妻には、ねぎらいの言葉をかけたが、返ってきた言葉は、

「ああ、はいはい」

と簡単なものだった。今から思えば、自分がもっと元妻の気持ちに寄り添っていれば、もうちょっと夫婦の関係はうまくいっていたかもしれない。いくら気が強いといっても、妻としてはもっと優しい言葉をかけてもらいたかったのではと、あれこれ考えたが、いまさらいっても仕方がない。ともかくコウジは目の前に現れた、かわいい三匹の子イヌとランの幸せをいちばんに考えてやらなければならなかった。

大家さんも早速、見に来て、

「ありゃりゃー、これはまた何てかわいいんだろう。動物の子供っていうのは、本当にかわいいねえ」

とずーっと押し入れをのぞきこんで目を細めていた。

それからコウジの一日はすべてイヌたち中心に動いていた。毎朝、散歩はするのだが、授乳中はランがルートを短縮して急いで部屋に帰りたがるので、それを尊重した。子イヌがくしゃみをすると、風邪でもひいたのだろうかとスマホで検索したり、ちょっとでも変化があると心配になって、ランが来てからはスマホの検索履歴はイヌ関係でいっぱいになってしまった。

日中、ランと子イヌたちが寝ているときに、買い物に出かける。自分のものは二、三日のうちに食べる食材くらいで、ほとんどはイヌたちのものばかりだ。間に合わせの百均のリードではなく、もうちょっといいものを買ってやりたくなり、商店街のペット用品を売っている店で、ちょっと見栄えがするピンク色のものを選んだ。キャリーケースも買った。店内のハンガーにかかっている、たくさんのイヌ用の服を見て、ランにはこういう色は似合わないとか、こういうデザインだったら似合いそうだとは思ったが、服を着せるつもりはない。おもちゃも喜びそうなものをいくつか購入するのだけれど、その中で気に入ったものは数少ない。

「せっかく買ったのに、どうしてこれで遊ばないの？」

と聞いても、以前に買って、ぼろぼろになったものを咥《くわ》えて歩いている。それを捨てようとすると、性格のいいランがものすごく怒った。紙箱に溜めておいたおもちゃもふと気づけばいっぱいになっている。コウジはまた、別れた息子にこんなに一生懸命におもちゃを選んでやった記憶がないのを反省した。おもちゃに関しては、妻が知育玩具といわれているものしか認めていなかったので、自分の判断では買えなかった。そういうおもちゃで遊んだからといって、立派な人物になるかどうかはわからないが、禁じられている事柄が多く、様々なおもちゃに触れられなかった息子はかわいそうだった。ランのほうがまだ選択肢がたくさんあった。

二、三頭身の子イヌたちが、はぷはぷしながらランの後にくっついて歩いたり、あくびをしたと思ったら見る間にこてっと寝てしまったり、乳が出ないのにコウジの指をちゅうちゅうと吸ってきたりすると、ぐわっと何ともいえない気持ちが腹の底から胸に向かってせり上がってきた。幸せとはこのような感情なのだとはじめてわかったような気がした。その後、子イヌたちは元気に育って乳離れし、大家さんの口利きで、二匹はご近所にもらわれていった。そして中でいちばん小さいオスを手元に残した。この子も大家さんの命名で、元気に育つようにとゲンちゃんになった。

コウジの一日は、ランとゲンに起こされてはじまる。彼らは時計を持っていないのに、なぜ時間がわかるのだろうか。朝五時過ぎになると、イヌたちが起きてきて、最初はくんくんと鼻を鳴らす。布団の中でその音を聞きながら、まだ眠いのでコウジが知らんぷりをしていると、今度は二匹が小さな声で、

「くーん、くーん」

と鳴きはじめる。それでもまだ寝たふりをしていると、すぐそばまでやってきて、コウジの顔に鼻を押しつけたり舐めたりする。それでも寝たふりをしていると、掛け布団を前足で剝がそうとし、それでも起きないと、今度は二匹で布団の上に飛び乗ってきて、ぐるぐると駆け回る。

「いたたたた」

腹の上や股を平気で踏みつけてくるので、それ以上、知らんぷりはできず、

「わ、わかった、わかった」

と仕方なく体を起こすと、二匹はまっすぐな目で彼を見て、

「まず散歩。それから御飯ですよねっ」

と指示してくる。

「はい、わかりました」

のろのろと起きて適当に布団をたたんで押し入れに突っ込み、早く早くと足踏みをしながら待っているイヌたちにリードをつけて、ドアを開けると、待ってましたとばかりに彼らは飛び出していくのだ。

ペット用品を売っている店で、ゲン用のブルーのリードも買い、母子二匹での散歩になると、ランはまだいいのだが、ゲンのほうはあっちこっちに興味を引かれるものがたくさんあるので、なかなかまっすぐに歩かない。

「こら、そっちには行かない。ゲン、だめ、こっちに来なさい」

二匹のリードを操りながら歩くものだから、ふと気がつくと何重にもリードがからまってしまう。

「ほら、ゲン、だめでしょ」

叱られるとゲンはいちおうコウジのほうを見るものの、すぐに散歩している他のイ

ヌに興味津々で近寄っていったりする。

「こら、だめ。どうもすみません」

コウジは相手に謝りながら、リードを引き寄せた。

「親子ですか。かわいいですね」

相手の飼い主にそういうふうにいってもらって、彼は恐縮した。

「頼むからさあ、ちゃんと歩いてちょうだいよ。ランちゃんからもいってやって」

まっすぐ歩いていたランが、小さな声でゲンに向かって鳴くと、どういうわけかランと一緒に並んで歩きはじめた。

「偉いぞ、ラン、ありがとう。ゲンもいうことを聞いていい子だな」

しかししばらくは並んで歩いているが、またゲンは脱線して横道に行こうとする。

「ほら、また」

コウジがリードを引いてゲンを戻すまで、ランはじっと留《とど》まって待っている。

「大変だな、まったく」

ぶつぶついいながらも、小一時間の散歩はコウジにとっていい気分転換になっていた。

部屋に戻るとまず足を拭き、二匹が大好きなドッグフード、水を器に入れてやり、目の前に置く。

「待て、よしっ」

というと二匹がちゃんということを聞くのはかわいいのだが、これだけ従順なのだったら、もうちょっと朝は優しく起こしてくれてもいいのにと、コウジはため息をついた。

ランの避妊手術についてはずっと気になっていた。彼女にとっていいとはわかっていても、病院に連れていって手術をしてもらうのは、あまりに心配でランを山に捨てるような気持ちになった。

「先生はちゃんとしてくれるからね。心配しなくて大丈夫だよ。一日病院に泊まるけどね、お父さんがちゃんと迎えに来るからね」

そう自分にもランにもいい含め、病院の先生には何度も念を押すものだから、苦笑される始末だった。ランが病院に入院した夜、くんくんと鳴き続けるゲンを抱きながら、

「お母さんはがんばっているから。明日、帰ってくるからね」

といい続けて結局は寝られなかった。

翌日、いったいどんなふうになっているか、自分を恨んでいるのではあるまいかと、心配になりながらコウジは病院に迎えに行った。するとあっけないくらい、いつもと変わらない、傷口を舐めないようにエプロンをつけたランがいた。

「偉かったね、よくがんばった」

ケージの外から指を入れると、ランは近寄ってきてぺろぺろと舐めた。ああ、よかったと涙が出そうになった。

家に連れて帰ると、病院の匂いがするのか、ゲンは最初は匂いを嗅いで不思議そうな顔をしていたが、ランのそばを離れなかった。

「大変だったね、ゆっくり寝なさい」

声をかけるとランはタオルケットの上でくるりと丸まった。慣れない場所のケージの中では、熟睡などできなかっただろう。その姿を見ながら、再び、元妻にこういう言葉はいわなかったなどと考えた。普通なら妻子に対していう言葉を、今、イヌたちにいっている。そういういたわりの言葉を自分にいわせるために、この子たちは自分のところに来たのではないかと思った。

いつまでもタオルケットをたたんだだけの簡易ベッドではかわいそうだ。ランにもゲンにも、ちゃんとしたベッドを買ってやろう。噛むと音が出るおもちゃも好きなのではないだろうか。あれこれ考えると、買ってやりたいものばかりだ。コウジは最近、大家さんから、

「顔が明るくなったんじゃないの」

といわれた。再就職もせずに一日中、部屋でだらだらしていたが、この子たちのためにも、自分はもうひとがんばりしなくちゃという気持ちになってきたのが影響しているのだろうか。昼間、イヌたちの寝ている顔をずっと見続けているのも楽しいが、まだまだ自分には他にできることがあるはずだ。コウジは洗面所の鏡で自分の顔つきを確認した後、スマホを手に、短時間可の地元のアルバイトを検索しはじめた。

中年姉妹とネコ

「今日、電気の点検の人が来たの」

夕食のとき、姉ヒロコの正面に座っている妹のヒトミは、いつものように目の前の皿の横にネコのミーちゃんを座らせ、ネコのマーちゃんを重しのように膝の上に乗せているヒロコにいった。二匹のネコは現在、メスなのに五・五キロあり、獣医さんから、

「これ以上増えたらダイエット食ですよ」

と釘を刺されている。

「本当に点検の人？　最近は新手の特殊詐欺も多いから気をつけなくちゃだめよ」

「いちおう断って家には入れなかったけど」

「ＩＤを持っていなかったら、そのほうが無難よね」

ヒロコが里芋の煮物を箸でつまむのに苦労しているのを見たヒトミは、

「あら、やだ。私、ネコちゃんのお世話で手一杯で、お姉ちゃんの面倒まで見られないんだけど」

と顔をしかめた。

「今日はねっ、ずーっと会社でキーボードを叩いてたから、腕が疲れてるのっ。変なこといわないでちょうだい。ねー、この人は意地悪でいやねー。マーちゃん、怒ってやって。今度シュッてひっかいてもいいからね」

膝の上で眠気でまったりと丸くなっていたマーちゃんは、目をつぶったまちょっと顔を上げ、小さな声で、

「みゃ」

と鳴いた。ヒトミは、

「ふん」

と鼻で笑った後、

「今日はネコちゃんたちが食べられるものはないね。後にしようと思ったけど、新しい御飯を買ってきたから、今、あげるね」

と席を立った。そういわれたミーちゃんは、

「みゃーっ」

と大きな声で鳴いて、ネコたちの御飯置き場に歩いていった彼女の背中をじっと見ていた。その声を聞いたマーちゃんもむっくりと起き上がり、テーブルの上に顎を乗せて、

「あたしも何かもらえるわよね」

といいたげな表情になった。ヒトミは二つのお皿を持って戻ってきた。

「はい、どうぞ」

お皿をテーブルの上に置くと、マーちゃんもどっこいしょと上に乗り、二匹は皿の中の新しい御飯に顔を突っ込むようにして食べはじめた。

「これね、ツバメの巣が入ってるんだって」

「えっ、ツバメの巣？」

ヒロコは驚いて声をあげた。六十六歳の今まで、ツバメの巣を食べたのは数えるほどしかない。接待相手との中華料理店での会食のときと、若い頃に友だちと旅行をした北京と香港でだった。高価といわれているものを、うちの雑種のネコたちは喜んで

食べている。

「まさかとんでもなく高いものを買ったんじゃないでしょうね」

「そんなことないよ。普通だよ」

この人のネコに対する普通は普通じゃないからなと思いながら、まあネコたちが喜んで食べているからいいかと、ヒロコはやっとつまめた里芋を口の中に入れた。

ヒロコとヒトミの姉妹は、築六十年の古い木造の家で二人で暮らしている。父は十年前に八十二歳で、母は八年前に八十一歳で他界した。それ以来、姉妹の二人暮らしになった。周囲の家も子供の代になると、家を売って引っ越していき、その跡にはこぢんまりしたマンションやアパートが建つようになった。姉妹も最初は、家も古くなってきたし、ここを売って二人でマンションに引っ越そうかと考えたのだが、生け垣の間からご近所の飼いネコや外ネコが出入りする環境は捨てがたかった。

亡くなった両親も動物好きで、左隣のお宅が家族旅行をするときには、飼い犬のジョンを預かっていた。あまりにうちでの待遇がいいものだから、飼い主が迎えに来たのに、力一杯踏ん張って自分の家に戻ろうとしなかったので、気まずい思いをしたことが何度もあった。出入りしていたどこの家のネコかわからない子に対しても、両親は御飯をあげていた。たびたび姿を現す子もいれば、一、二回でそのうち来なくなる子もいた。そんなネコが何匹もいたので、特に家で飼っているネコというのはおらず、「生け垣をくぐってきた子は、みんなうちの子」という方針で面倒を見ていたのである。

そのうち外ネコを保護する人たちが、そのような住所が決まっていないネコたちを保護してくれるようになって、生け垣を出入りしてくるネコの数がとても少なくなった。両親も、

「ネコたちがそれで幸せなら、それでいい」

とはいっていたが、身をかがめて生け垣の隙間から、ひょっこりと顔を出すネコがいなくなると、少し寂しそうだった。そんなとき姉妹は、ネコたちは保護された施設で、手厚くされているのだからと慰めていたのだった。

母親が亡くなって五年ほど経ったとき、家を手放そうか維持しようかと悩んでいた姉妹が、端っこがすでに劣化している縁側に腰掛けて、ため息まじりに庭を眺めていると、

「みーっ、みーっ」

と子ネコの大きな声がした。姉妹はあわてて立ち上がり、

「どうしたの？　こっちにいらっしゃい」

と声をかけながら、しゃがんで生け垣をのぞきこむと、一匹の三毛の子ネコが姿を現した。

「あーあーあー」

姉妹は同時に声をあげ、まずヒロコが子ネコを抱き上げて、

「どうしちゃったの？　お母さんは」

と声をかけると、みーみー鳴きながら、ヒロコの胸にしがみついてきた。

「はいはい、怖くないよ。もう心配しないで大丈夫よ」

声をかけながら体を撫でてやると、ヒトミはすでに薄汚い使い古した庭履き用の下駄のまま、前の道路に出て、左右をきょろきょろ見たり、しゃがんだりしながら、小さな声で、

「お母さんはいませんかあ？　うちに来ても大丈夫ですよ」

といっていた。そんな姿を近所の人に見られたらどうするんだと、ヒロコはちょっとだけ思ったが、こういう状況だから仕方がないと、抱きついている子ネコをあやし

ながら、妹の様子をうかがっていた。

「いないね、お母さん」

「一人で歩いてきたのかな」

「かわいそうに、どうしたんだろう」

ヒトミはみーみー鳴いている子ネコの頭を撫でてやった後、

「ネコの御飯、買ってくる」

といったので、ヒロコは部屋の中に入って、そこから庭にいる彼女に向かって財布を放り投げた。見事に彼女はキャッチして、薄汚い下駄を履いたまま走っていった。

「もう大丈夫だからね、いい子だね」

落ち着いたのか、子ネコの鳴き声はだんだん小さくなり、ぺったりとヒロコの胸にへばりついていた。ものすごい勢いで近所のコンビニからダッシュで戻ってきたヒトミは、まず子ネコ用のミルクを皿に入れて持ってきた。それを見たとたん子ネコは、

「下ろしてー」

と訴えるかのように手足をばたばたさせて暴れ、畳の上に置いたお皿に顔を突っ込むようにしてミルクを飲みはじめた。勢いよく突っ込んだので、顔中がミルクまみれ

になり、一瞬、あれっという顔をしていたが、見ているうちにちゃんと舌を使って飲めるようになっていった。姉妹は畳にへばりついて、子ネコがちゃんとミルクを飲めているだろうかと確認していたが、とりあえず問題なしとわかってほっとした。

「お母さん、子供がいなくなって心配してないかな」

ヒトミは買ってきたネコ缶を手に、まず庭を隅から隅まで眺め、外に出て母ネコがいないかを確認していた。

「いないね」

彼女が確認作業をしているうちに、子ネコはミルクをおかわりして子ネコ用の御飯ももらい、満足そうな顔をしていた。

「ねえ、ベッドとか、トイレを作らないと」

ふだんはヒロコがあれこれ命令すると、

「妹だと思ってこき使わないで」

と怒るのに、こんなときのヒトミはとても素直で、浅いバスケットにタオルを敷いたものと、平たいプラスチック容器を持ってきた。

「ほら、ここがあなたのベッドよ」

ヒトミが中に入れてやると、子ネコはくるくると何度かその中で回った後、こてっと寝てしまった。

「かわいいねえ」

ヒトミはそういいながら、プラスチック容器に買ってきていたネコ砂を入れていた。ヒロコは、

(いつもは気が利かないことが多いのに、今日はぬかりがないな)

と感心した。

「とりあえずはこれで安心ね」

ヒトミはそういってほっとした顔をした。

「どこから来たんだろうねえ。もう安心していいからね」

寝ている子ネコに顔を近づけても、まったく起きない。どこをどうやって家にやってきたのかはわからないが、こんな小さな体で不安な思いをしてきただろう。姉妹は何もいわなくても、この子を飼うことについては一致していた。ヒトミがミーちゃんと命名した。

そしてそれから三日後、今度はキジトラの子ネコがまた生け垣から庭に入り込んで

きた。姉妹は、えっと驚きながらも、やってきた子を迎え入れ、マーちゃんと名づけた。

「この家を売らなくてよかったね。売っていたらこの子たちと会えなかったもの」

姉妹はこれからもこの老朽化した家で過ごすことを選んだ。

両親が亡くなり、姉妹だけになった直後は、二人の関係は微妙になっていた。ヒロコは六十六歳の現在も嘱託として会社で働いているが、二歳年下のヒトミは、五十歳のときに早期退職をして両親と共に家で過ごしていた。両親の体調が悪くなったとき、日常の看護、介護をしていたのはヒトミだった。それはヒロコもよくわかっていたが、いかに大変だったかを聞かされると、正直、うんざりした。自分が何もしていないかのようにいわれている気がした。自分が働いているから、生活が回っていたのだろうという思いはあったが、それを口にするのはみっともないと黙っていた。

一方、ヒトミのほうは、姉が働かなくても、それほど家は生活に困っていたわけではないと考えていた。できれば姉も休暇を取って、一緒に看護、介護をしてもらいたかったが、姉は会社でも役職に就いていたので、そうもいかない事情もあるのだろうと黙っていた。それがたまにお互いの言葉の端々に見え隠れして、それが不愉快の種になっていた。そして両親が亡くなってからは、お互いに干渉することなく、ただの同居人のようになっていたのだった。

しかし二匹のメスネコたちがやってきてからは、家の中は活気づき、姉妹の会話も増えて笑い合うことも多くなった。ネコたちも相性がよかったのか、喧嘩もせずに仲よく過ごしてくれているのにも助けられた。ヒロコは家に帰るのがとても楽しみになった。ヒトミは両親が亡くなってからは、家事以外に特に用事もなく、欲しいものもないのにデパートに行って、上の階からぐるりと見て回り、デパ地下で惣菜を買って帰るのを週に二回ほどやっていた。それが外に出るよりも、家にいるほうが楽しくなった。今では電車に乗るのは、二匹がより楽しんで遊んでくれるおもちゃを探しに行くためだった。

ヒトミは、ネコと一緒にいる時間が多く、抱っこしたり遊んだりする回数が増えたものだから、これまでのセーターとスカート姿ではなく、安価で汚れが目立たず、トレーナーとパンツのようなラフでスポーティーな服に変わっていった。そのセーターとスカートは、会社に勤めているときに通勤用に着ていたもので、家着にするにはちょっと質のいいものだった。ヒロコがそれをからかうと、

「だってミーちゃんもマーちゃんもお転婆なんだもの、抱っこしていやなときは、大暴れするし。この間もセーターに爪を立てられて一枚だめにしちゃったし。二匹で競走しているみたいに、ものすごい勢いで家の中を走り回るのよ。まるで体の中に大きなモーターが入ってるみたいなの。この頃は私が買ったおもちゃが大好きなのよ」

と自慢した。

ヒトミが買ってきたおもちゃは作家物で、手に持ってくるくる回すと、その先についている鳥がぱたぱたと羽ばたくというもので、二匹は目の色を変えてそれに飛びつこうと大ジャンプをする。彼女はそのおもちゃをぐるぐると回しながら、家中を走り回っているという。

「そんな姿を近所の人に見られたら、大変ね。あそこの未婚の中年女が妙なことになっているって」

「平気よ、そんなの。私はミーちゃんとマーちゃんが喜んでくれればそれでいいの」

「まあ、それはそうよね」

ヒロコも納得した。そんなにすごいのかと、試しに休みの日にそのおもちゃを動かしてみたら、二匹の飛びつき具合が、ネコじゃらしにじゃれつくような愛らしいものではなく、野性が丸出しになっていた。あまりにネコたちが豹変《ひょうへん》したので、妹をからかったのを忘れて、自分も、あははと大はしゃぎしながら、家中を走り回って遊んでしまった。こんな有様では、妹だけではなく、あそこの古い木造家屋に住んでいる不気味な姉妹と噂されてしまうだろう。近所の人と顔を合わせ、挨拶したときに相手の態度を観察したところ、以前とまったく変わらなかったので、まだ姉妹の行動はばれてなさそうだった。

父が建てたこの家は、典型的な昭和の住宅で、小さなテーブルが置ける台所、風呂場、トイレ、六畳の居間兼両親の寝室、誰も訪れないのに見栄を張って作った板の間で応接三点セットが置いてある小さな応接間、その他、幼い頃から姉妹がそれぞれの子供部屋として使っていた、四畳半二間ですべてである。縁側があり庭には小さな池もあったが、ヒトミが幼いときに池にはまって溺れそうになったので、父が埋めてしまったのだった。家の老朽化が加速しはじめたとき、両親が存命の頃は、ほぼ家長の役割を担っていたヒロコが、リフォームをしたらどうかと提案したが、

「お金がもったいない。自分たちのためにお金を遣わなくていい」

と両親はいい張っていた。体が弱ってきてからは余計にいいづらくなり、そのまま

両親は亡くなってしまったのだった。

しかしネコたちにとっては、古い家のどこもかしこもが遊び場だった。部屋の柱、畳は爪とぎ代わり。障子の桟を競い合って上りはじめ、途中で降りられなくなって大騒ぎをする。あわてて姉妹がそれぞれ一匹ずつを救出しようとすると、ネコの手が桟から離れたとたんに、むささびのように肩に飛び移ってくる。

「わあっ」

とびっくりしていると、すたっと畳の上に飛び降りて、

「わあああああ」

と大声で鳴きながら家中を走り回る。姉妹で顔を見合わせて首を傾《かし》げているのを後《しり》目《め》に、ネコたちはわあわあ鳴きながら、まるで部屋の壁を上らんばかりの勢いで走り回る。それがしばらくするとぴたっと収まり、水を飲みはじめたかと思ったら、

「やったわ」

という表情で座っている。

「ここにはもう上らないでちょうだいね」

そう頼んでもネコたちがいうことを聞くわけはなく、障子の桟上り遊びは続き、障

子紙に小さな穴が開くと、それがまた遊び道具になった。ネコパンチや頭突きでその穴を拡大し、しまいにはそこから出入りするようになった。

最初は母親がやっていたように、花の形に切った障子紙をそこに貼っていた。するとネコたちが興味津々でやってきて作業を凝視している。時折、手を出してくるので、姉妹は、

「あなたたちが大暴れするから、こんなふうになるのよ。他にもおもちゃはあるんだから、ここで遊んじゃだめよ」

と説明したが、二匹は横を向いて知らんぷりをしていた。そして作業が終わり、ネコたちが貼った部分をじっと見つめていたかと思ったら、そこに手をぐいっと押し当てて破ってしまい、また破れ目から面白がって二匹でかわりばんこに出入りする、魔のエンドレス状態が続くのだった。

結局、いくら修繕してもだめとわかり、しばらくは障子を破れ放題にしていたが、あまりに見苦しいのですべての障子紙を剝がしてしまい、今ではただの木製の枠の戸になっている。応接間の板の間では、ものすごい勢いで走ってきて、ネズミのおもちゃをつかまえた瞬間に、体の側面でつつーっと滑るという遊びを見つけた二匹は、何

度もそれを繰り返していた。応接三点セットは、ネコたちの遊びの邪魔にならないように、部屋の隅に積まれた。滑る遊びに飽きると次には、姉妹の小学校から中学校卒業までの身長の記録が鉛筆で記されている柱に爪を立てて、勢いよく、ばりばりと爪を研ぐ。一匹がやるともう一匹が負けじと真似をするのも困った。

二間の四畳半は姉妹がそのまま使っているので、六畳がネコたちの部屋になった。縁側に面したいちばんいい部屋である。二つのベッドの横には、ミーちゃん、マーちゃん用にそれぞれの爪とぎが置いてある。もちろんそれも使うのだけれど、二匹は柱で爪を研ぐほうが大好きだった。爪を研がせたくない場所をカバーするための、貼る透明フィルムもあるらしいのだが、ヒトミは、

「どうせ古い家なんだから、別に貼らなくてもいいんじゃない」

という。ヒロコも爪を研いでもらいたくない場所全部に、フィルムを貼るのも逆に見苦しいような気がしたし、賃貸物件ならともかく持ち家でもあるし、傷つくのがいやならばそもそもネコを家に入れなければいいのだし、と爪とぎについては諦めた。しかしメスながら巨体に近いネコ二匹が、力を込めて柱で爪を研いでいるのを見ると、これがずっと続いたら家が倒れるのではと心配にはなった。

ヒトミは両親の介護をしているときは、暗い雰囲気だったけれど、ネコのお世話係になってからは、毎日がとても楽しそうだった。自分はそれを指摘するような立場ではないとヒロコは考えていたが、姉として妹が楽しそうにしているのはとてもうれしかった。着ているものはラフになったけれども、毎日が充実しているせいか、以前よりも若くなったような気がする。

ある日、ヒロコが会社から帰ったら、ヒトミが暗い顔をしていた。どうしたのかとヒロコが聞いたら、

「マーちゃんが御飯を食べない」

という。ネコたちは食欲旺盛で、ネコ用の器を出しただけでも、鳴き声が大きくなってトーンが上がる。飼い主が何をいっても制御できない目つきになる。ヒロコが、

「男の子ならともかく、あなたたちは女の子なのだから、もうちょっと控えめにしておきなさいよ」

と諭すと、ヒトミはキリッとした顔で、

「そういういい方はいけないわよ。セクハラよ」

とたしなめた。女の子だからといって、男の子よりも少食である必要はない。性別

でそのような発言をするのは、間違っていると指摘してくるのだ。

「そりゃあ、人間の女の子にはいわないわよ。大盛りの丼飯を三杯おかわりしても、『元気でいいわねえ』って褒めるわよ。でもうちのはネコだからね。ある意味で私たちが管理者なのだから、この子たちの健康を守るのは責任のひとつでしょ。だからそういっただけなんだけど」

ヒロコも不満顔でいい返すと、

「それだったら、食べるのは控えめにしておきなさいだけでいいじゃない。どうして男の子と女の子って比べるの？」

と食い下がってくる。それを聞きながら、ヒロコは、

(そうだ、この人は高校生のときに、ジェンダーの本ばかり読んでいて、関心が深いのだった)

と思い出した。会社を早期退職したのも、社内のわけのわからん無神経な上司のおやじたちにつっかかっていき、いつまで経っても状況が改善されなかったのに呆れたのが原因のひとつだったのだ。

「それは大変、申し訳ありませんでした」

論破されるのは目に見えていたので、ヒロコは妹にもネコたちにも素直に謝った。そして、

「明日、病院に連れていってあげて。少しでも早いほうがいいから」

というと、彼女も素直に、

「うん、そうする」

と心配そうにマーちゃんの体を撫でていた。当のマーちゃんは、御飯を食べないといいながら、まん丸い目とまん丸い顔は相変わらずで、見た目には具合が悪いとは思えなかった。が、ネコは体調の悪さが表に出にくいとも聞いたので、気になったらすぐに病院に行くのに越したことはない。

「大丈夫？　早くよくなるといいね」

ヒロコが頭を撫でながら声をかけてやると、マーちゃんはぺろりと彼女の指を舐めてくれた。それを横から見ていたミーちゃんは、ささっと走ってきて、

「私も撫でて」

といいたげに、体をすりすりしてきたので、ヒロコは両手でマーちゃんとミーちゃんの頭を撫でてやった。ふと見るとヒトミも両手でそれぞれのネコの体を撫でてやっ

ていた。

翌日、何かあったらすぐに連絡をちょうだいといって、ヒロコは出社した。電車に乗っていても心はちょっと重かった。あの顔つきや顔色からすれば、それほど重態ではないような気がする。でも素人にはわからない。病院で詳しく調べてくれるだろうと思いつつ、仕事もどこか上の空だった。結局、ヒトミからは連絡が来ず、

(どうして連絡しないんだ!)

と最初は怒ったが、実はあまりに深刻な事態で、妹が自分にショックを与えないように連絡しなかったのかもと、様々な思いが頭の中を駆け巡り、走るようにして家に帰った。

玄関を開けたとたん、

「ねえ、マーちゃん、どうだった?」

といいながら靴を脱いだ。ネコ部屋に入ると二匹は御飯を食べていた。ああ、マーちゃんが御飯を食べている、とほっとした。

「どうして連絡をくれなかったの?　心配してたのに」

つい咎《とが》めるような口調になった。

「うん、たいしたことがなかったからね」

ヒトミは淡々としていた。

「それだったらそうと、連絡してくれればいいじゃない」

「でも本当にたいしたことがなかったから」

「だから、それがわかれば安心するじゃない。ずーっと気が気じゃなかったわ」

「ああ、そうよね。ごめん」

小さないざこざは終わった。結局、マーちゃんの食欲不振の理由は食べすぎだった。

「新しいおやつを見つけたから、それをあげたらマーちゃんがとても喜んで食べたのね。そしていつもよりもたくさん御飯も食べたから、消化が追いつかなかったみたい」

「だからおやつは毎日あげるなっていったじゃない。御飯だけで栄養は十分なんだから」

「だって喜ぶんだもん」

「こっちの勝手でやっていることが、結局はこの子たちの命を縮めることだってあるのよ。そうなったらどうするの。もう毎日おやつは禁止！」

ヒロコはいい放った。「おやつは禁止」と聞いたとたんに、二匹はふっと顔を上げて、同時にヒロコの顔を見た。

「マーちゃん、病院に行って偉かったね。またお腹の具合が悪くなると困るから、おやつはたまに食べようね。ねっ、ミーちゃんもわかったね」

自分たちに都合が悪い内容とわかったのか、ネコたちは無表情でまた御飯を食べはじめた。

日中は家にいないので、ヒトミが自分のいいつけを守っているかどうかはわからないが、確実に二匹の体重はじわじわと増え続けているようだった。抱っこをしてもその重さで、

「うっ」

と声が出てしまう。腰にもずんとくる。

「五キロ以上っていったら、お米の大きな袋くらいでしょう。それは重いわよね」

どっこいしょとミーちゃんを抱っこしながら、家に帰ってきたヒロコがいうと、ヒトミは、

「うん、でも米袋はかわいくないけど、ネコはかわいいからいいよね」

などという。

「でも米は食べられるよね」

ヒロコがいい返したら、

「変なことをいうな」

とヒトミに叱られた。

「食べられないけど、かわいいねえ」

ヒロコがミーちゃんに頬ずりすると、

「だから、そういうことはいうな！」

とまたまたヒトミが怒った。この人は冗談が通じないところがあるからなあと苦笑しながら、マーちゃんを抱っこしている妹を見ていると、彼女はこちらをにらみつけながら、

「あのおばちゃん、ひどいねえ。今度、思いっきりひっかいてやって」

と耳元でささやいていた。

幸い、マーちゃんからはひっかかれることもなく、姉妹と二匹はのんびりと暮らしていた。家の中を走り回っている後ろ姿は、まるで俵が二個、動いているかのようだ。

座っていると下半身がどっしりとしている。おまけにお肉が邪魔をして前足が揃えられない。

「まずいよ。運動不足なんじゃないの」

ヒロコは二匹が大好きな、作家物のおもちゃを取り出して、ぶんぶんと回した。すると二匹の目の色は変わり、両手を伸ばしてつかまえようとするものの、いまひとつ動きが鈍い。やっと調子が出てきてジャンプするものの、全盛期の半分くらいの高さしかない。

「ほら、体が重いからジャンプできないのよ」

ヒロコが御飯係のヒトミを責めると、

「そう？　今はやる気がないいんじゃない」

とさらりといわれた。たしかにやる気まんまんのときは、ネコたち自らが、遊んでとおもちゃを咥えてくるのだが、今日はそうではない。

「うーん、そうなのかな」

おもちゃを振り回すのをやめると、ネコたちはころりと畳の上に転がり、手を舐めたり足を舐めたりと、グルーミングをはじめた。

「ほら、遊びよりお手入れの時間なのよ。ねー、女の子だからきれいにしないとね」

優しく声をかけるヒトミを見ながら、自分だってセクハラ発言してるじゃないかと思いつつ、ヒロコはおもちゃをおもちゃ箱の中に入れた。

畳の上にころっとした三毛ネコとキジトラの丸顔のネコが転がり、満足そうな表情で体のお手入れをしている。それを座って見ている老いという文字が似合いつつある姉妹二人。何とのんびりとした時間だろうかとヒロコが思っていると、洟をすする音が聞こえてきた。横を見ると、ヒトミが涙を拭いていた。

「どうしたの」

「この子たちが亡くなったらどうしよう。そうなったら私、生きていけない」

ヒロコは頭の中で計算をした。この子たちの年齢を考えると、今は四歳くらいだろうか。年々、ネコの寿命が長くなっていると聞いたので、これから十一、二年は生きてくれるだろう。ヒロコはそのとき七十七歳、ヒトミは七十五歳。いわゆる健康寿命ぎりぎりだ。

「がんばらなくちゃだめよ、あなた」

ヒロコは目に涙を溜めている妹を励ました。

「お姉ちゃんが先に死ぬでしょ。そうしたら私一人で、こんなかわいい子たちのお葬式を出さなくちゃいけないのよ」

「そうは決まってないでしょうよ。私があなたの葬式を出す可能性だってあるんだから」

「よくそんなひどいことがいえるわね」

ヒトミは涙目でヒロコをにらみつけた。

「はあ？」

いい歳をしてまだそんなことをいっているのかとヒロコは呆れた。妹はいつまで経っても妹気質なのだ。ヒロコはネコたちの寿命を考えてちょっと悲しくなったのと、妹に対する小さな怒りとで胸がもやもやしてきた。ふと横を見ると、俵二個は幸せそうな表情で、仰向けになったへそ天で爆睡していた。

ネコたちの気持ちが移ってきたかのように、妹の発言はなかったことにして、ヒロコは思わず、ふふっと笑ってしまったのだった。

老母と五匹のおネコさま

急逝した八十五歳の父の納骨が終わった。息子の五十歳のマサオと、四歳下の妹のユミコは、七十歳の母に代わって、葬儀の段取り、菩提寺とのやりとり、銀行、役所への手続きをあわただしくやり続けなければならなかった。そして何とか納骨までたどりつき、兄妹はやっとひと息つけるようになった。

母は父とは年齢が離れているので、いつも覚悟はしていたようだが、食事中に自分の目の前で倒れて、そのまま亡くなってしまったため、状況を把握できず、ずっとぼーっとしているかのように見えた。

「お母さん、大丈夫かしらね」

ユミコが兄に聞くと、

「おやじを頼りにしていたところもあるだろうからなあ。がくっといかれると困るなあ」

と心配していた。

兄のマサオはバツイチで独身、ユミコは未婚だ。二人とも家族がいるわけではないので、母と同居をするのも特に問題はない。口には出さないが、兄が離婚していてよかったと、ユミコはほっとしていた。兄の結婚相手と母はとても折り合いが悪かった。義理の姉はフルタイムで働いていて、たしかに気が強い女性ではあったが、ユミコから見て悪い人ではなかった。しかし母は彼女の行動のすべてを自分に対する挑戦のように考えたらしかった。兄夫婦に子供がいないのも、義姉が悪いといい、ユミコが子供の有無にいいも悪いもないだろうと取りなしても、

「うちのお兄ちゃんは大丈夫。あの人がだめなのよ」

と耳を貸さなかった。そんな姑《しゅうとめ》と会うのもいやだっただろうに、それでも兄夫婦は正月になると、連れだって実家にやってきた。

(私だったら絶対に顔を合わせたくないけどな)

ユミコはいつもそう思いながら、母自慢の雑煮を食べていた。

しかしそんな場でも、義姉にしつこく家計の内情を聞いては、「それは贅沢だ」と

か「食費をもっと減らせ」とか「あなたは毎回、高そうな服を着ている」とか、余計なお世話をやいていて、それを傍《はた》で聞いていたユミコは、いつ大喧嘩がはじまるかとどきどきしていた。が、義姉が大人だったので、そうならないで済んだのだった。

兄夫婦が結婚して十年後に離婚したとき、

「お兄ちゃんには、もっと合う素敵な人がいるわよ」

とてもうれしそうにしていた母の顔が忘れられない。

納骨式が終わり、母子三人で鮨を食べていたら、それまでほとんど口を利かなかった母が、

「あーあ、ほっとした」

とにっこり笑った。兄妹は、万感の思いで父を見送ったのだろうと母の顔を見ていたら、ぱくっといくらの軍艦巻きを口に入れ、しばらくしてそれをごくんと飲み込んだ後、

「これでせいせいしたわ。もうあの人と暮らさなくていいと思うと」

といい放った。

「えっ」

兄妹の手が止まった。

「私は騙《だま》されたのよ、十九歳のときにいい寄られて、子供を作らされちゃって。そうなったら結婚しないわけにいかないじゃない。ねえ、そうでしょ」

ユミコが隣に座っている兄の顔を見ると、

「子供を作らされたっていったって……」

と呆然としていた。

「結婚したらしたで、もう子供はいらないっていったのに、向こうは逃げられたら困るって思ったのか、また子供ができちゃって。こうなったらどうやってもだめよね」

今度はユミコがうつむいた。

「でもこれで、あとは私の天下だから。あー、すっきりした」

母はぱくぱくと目の前の鮨を平らげていった。うれしそうに急に饒舌《じょうぜつ》になった母を前にして、兄妹は食欲がなくなってきた。二人で母をタクシーで実家に送っていくと、

「じゃあね」

と満面の笑みで手を振って、家に入っていった。

母が降りたタクシーの中で、二人は、

「何なのだ、あれは」

と話し合った。二人が知っている母は、前時代的ないかにも家長といった態度でふるまっていた父の陰で、いわれたとおりに過ごしていた。母が父に対して文句をいっているのを見たことなど一度もない。彼女が自分の意思で発言するのは、義姉に対する家計チェックについてだけだった。何が起こっても決定権はすべて父にあり、母はそれに従っていた。兄妹が進学する学校を選ぶときも、いちおう子供たちの意見も聞くものの、受験校を選ぶのは父だった。中には自分たちが行く気もない学校が入っていて、二人は抵抗したが、父の意見は絶対で、

「この学校はいい。落ちたのなら仕方がないが、受験はしておけ」

といった。受験料も入学金も親が払うので、自分たちの我を通すことはできず、それに従った。話がこじれたときは、母が間に入って子供たちを説得した。兄妹としては、母は父にべったりとくっついて暮らしているとばかり思っていたのだ。

ところが鮨店での発言である。

「お父さんに騙されたっていってたけど、お母さんだってお父さんを騙していたわけでしょう。それも何十年も」

ユミコはため息をついた。

「腹の中ではこの野郎と思いながら、ずっとあの殊勝な態度でいられたなんて、相当すごいよな。騙されていたのはおやじだよ」

元妻に対する態度と父に対する態度の違いを目の当たりにしている兄もため息をつき、兄妹は交互にため息をつくしかなかった。

兄はしばらく黙っていたが、

「まあ、そうはいっても、とりあえず元気なのはよかったよ。おやじが亡くなってほっとして、これからは好きにやっていくんじゃないか。まだ七十だしな。暗い気分で過ごされるよりは、ましだったかもしれないぞ」

とユミコにいった。

「それはそうね、きっとやりたいこともあるんだろうし。結果的にはよかったかも」

兄妹は、母がいつまでも父の死から立ち直れず、陰々滅々としているよりは、衝撃の告白だったけれども、こちらのほうがよかったんじゃないかと考えるようにした。

父の残した預貯金は意外に少なかった。しかしそもそも父の給料も知らず、細かい実家の家計については兄妹にはわからない。ただ塾や家庭教師など、教育費にはお金ったをかけてもらった記憶があり、相続の金額を聞いても、そんなものかと思っただけだった。

ユミコは兄と、一週間に一度は実家に電話をかけて、様子うかがいをするようにしようと話し合った。

「有頂天になっている隙を狙われて、特殊詐欺につけ込まれる場合もあるから。大丈夫と思わないほうがいいな」

月の第一週、第三週は兄が、残りの週はユミコが電話をすると決まった。それを守って翌週の会社が休みの土曜日に、彼女は実家に電話をした。

「はい、は〜い」

スマホに明るい声が聞こえてきた。父が存命中に何度も実家には電話をかけたけれど、いつも、

「ササキでございます」

と静かに電話に出ていたのに、いったいこの人は誰？　といいたくなった。あせって、

「あの、あの……」

とつい口ごもってしまった。

「ユミコ？　この間はありがとうね。お鮨、おいしかったあ」

「あ、ああ、そうなの。それはよかったわね」

この状況に慣れようと気持ちを落ち着かせていると、「うにゃああ」「にゃーっ」「にゃーん」とネコの大きな声が聞こえる。

「あらまあ、みんな元気なことねえ」

その母の声はユミコにではなく、背後にいる誰かに向かっていっているのがわかった。

「ネコがいるの？　どうしたの？　どなたかがいらしてるの？」

「そうなの、ご近所のヤマワキさん、でもユミコは知らないわよ。つい最近、引っ越してきた方だから」

ああ、そうなのと返事をしながら、そのヤマワキさんとネコの関係はいったい何なのだろうか、ネコも一匹ではないみたいだし、何匹ものネコを連れて遊びに来るなんて、そんなことがあるのかしらと首を傾げた。しかし特に問題もなく、母は楽しそうにしているので、そのときは深く聞かずに電話を切った。

翌週、兄の急な海外出張が決まり、代わりにユミコが電話をした。すると先週と同じように、

「はい、は〜い」

と明るい声がした。「元気にしてる？　変わったことはない？」と聞こうとしたユミコの耳に入ってきたのは、先週よりももっと間近で聞こえる、

「にゃあああ」

という元気のいいネコの声だった。それだけではなく、先週と同じく背後からも、別のネコの鳴き声が聞こえる。

「ネコがいるの？　ヤマワキさんがいらしてるの？」

「ううん、違うの。うちのネコなの」

「うちのネコ？」

その近所のヤマワキさんという人はネコ好きで、家でも三匹のネコを飼っている。先週、ユミコが電話をした二日前、息子さんが公園に捨てられていたネコたちを保護して、家に連れ帰ってきたのだと母はいった。

「先週はね、そのネコを見せに来てくれていたの。でね、うちで飼うことにしたの」

「それはそれでいいけど、でも一匹じゃないよね。何匹もいるみたいだけど」

「うん、五匹ね」

「五匹？　大丈夫なの？　飼えるの？」

「だって聞いてよ。五匹の子ネコが箱に入れられて捨てられていたのよ。ひどいったらありゃしない。ネコを一箱拾ってきたっていったから、うちでそのまま一箱引き取ったの」

「はあ」

「もう、本当にかわいいのよー。ユミコも早く見に来たほうがいいわよ。もうたまらないんだから」

母の弾んだ声に合いの手を入れるように、子ネコの鳴き声が聞こえていた。

「はあ」

実家にいる間、母がネコを飼いたいといっていた記憶はなかった。しかしユミコも子ネコは見たいので、「明日、行く」と返事をして、いったい実家の状況はどうなっているかを調査しに行った。

翌日、実家の最寄り駅の駅前スーパーで、ネコのおやつを買い、評判のいい洋菓子店でケーキを買って、家のインターホンを鳴らした。

「はい、は〜い。ちょっと待ってね」

しばらく間があって、ドアが開いた。

「ネコをしまっておかないと、家から飛び出しちゃうからね」

すでに母はネコ柄のエプロンをしていた。

「もうかわいくて、かわいくて、たまらないのよーっ」

そういいながら母は身をよじった。

「はあ」

ユミコはそういうしかない。居間に通じるドアを開けると、三匹の子ネコが細い尻尾をぴんっと立てて、

「にゃー」

と鳴きながら歩いてきた。

(か、かわいい)

ユミコの頬も思わずゆるむ。

「はいはい、ごめんなちゃいね。あなたたちのお姉ちゃんが来てくれたのよ。どうぞ

よろしくって、ご挨拶してね」

まさにネコなで声で子ネコにそういうと、わかっているのかいないのかわからないが、子ネコたちは、

「にゃあ」「みゃあ」「にゃーん」

と口々にユミコの顔を見上げながら鳴いた。

「あー、お利口さん、上手、上手。ちゃんとご挨拶ができたわねーっ」

母は頭のてっぺんから声を出して手をぱちぱちと叩き、三匹の子ネコをかわりばんこに撫でてやっていた。庭に面した陽当たりのいい場所で寝ていた二匹も走り寄ってきて、まん丸いかわいい無垢な目で、じっとユミコの顔を見上げた。

（きゃーっ）

ユミコのテンションも上がったが、いったいなぜ、急にこの子ネコてんこ盛り状態になったのかを、もうちょっと詳しく説明してもらわなければならなかった。

二人がテーブルを挟んで三人用ソファと一人用ソファに座っていると、子ネコたちはわらわらと母の体をよじ上ってくる。

「あらん、だめじゃないの、そんなことをしたら、ねえ、チャコちゃん、気をつけな

いと落ちますよ。ほらほら、クロちゃん、この子は男の子なのよ。あぶないからお母さんのお膝の上に乗っていなさい。はいはい、ミーちゃんはお母さんのお肩の上にいましょうね」

　母は三匹を体にくっつけ、ユミコのほうは母がトロちゃんと名づけた黒茶柄の男の子、シロちゃんという白地に茶のぶちの女の子が両方の胸元に、ブローチのようにくっついていた。ふわふわと壊れそうに柔らかくあたたかいものを落としてはいけないと、ユミコは二匹を両手に抱えていた。ご近所のヤマワキさんの息子さんが、ネコの入った箱を拾って、それを母が引き取ったという話までは聞いた。

「そうなのよ」

「そうなのよって、そんなに簡単にこんな五匹も飼っちゃって大丈夫なの？　お母さんがネコが好きなんて聞いていなかったけど」

「うん、いわなかったもん。お父さんがネコが大嫌いだったから、いえなかったのよ。結婚したときはマサオがお腹にいたし、当時は、生まれる赤ん坊に影響があるから、妊婦のいる家でイヌやネコを飼っちゃいけないとかいわれていたのよ。それでも一度、ユミコも小学生になったし、ネコの話をしたら、『そんなのだめだ』って叱られてそれで終わり。動物が怖い人っていうのはわかるけど、動物が嫌いな人っていうのは非情ね」

「へえ、そうだったんだ」

はじめて聞いた話だった。そういえば遠足や、母と兄と三人で動物園、水族館に行ったが、父も交えた一家全員で行った記憶はなかった。

「じゃあ、ずっとネコを飼いたかったというわけね」

「ネコじゃなくてもイヌでも何でもよかったの。でもお父さんがだめっていうから、どっちも飼えなかったし。でもうるさい人が死んじゃえば、もう関係ないからね、あっはっは。もうこの子たちを見たら、そのままさよならすることなんてできなかったわ」

母はそういいながら、膝の上のクロちゃんを抱き上げてくんくんと匂いを嗅いだ。

「あー、いい匂い。ネコってどうしてこんなにいい匂いがするのかしらねえ」

明らかに母はネコにやられていた。こんなにうっとりしたうれしそうな表情をしているのは見たことがなかった。ユミコが知っているのは、いつも緊張して服装も態度も崩れたところがない、きっちりとした母だった。しかし今、目の前にいるのは、子ネコにでれでれのおばあちゃんである。

「ネコが孫代わりになったのね」

ユミコがつぶやくと、母はんんっ？　という顔をして、

「何いってるの。孫よりかわいいに決まってるじゃないの」

といい放った。

「えっ、そうなの？」

「そうよ。だってお小遣いをくれとか、お年玉をくれとか、絶対にいわないじゃない。ただただ私を頼って甘えてくれるだけ。本当にかわいいんだもの。私の友だちにも孫がいる人が多いけど、憎くはないけど面倒くさいっていっている人もいるわよ。お金が欲しくなったり、ちょっといい食事をしたくなると、家族で家にやってくるんだって。そうそう、最近、夏休みの帰省のときにあげる、お盆玉っていうのができて、『余計なしきたりを作るな』って、ものすごく怒ってた。孫はせっかく貯めたお金を吸い上げる機械なんだって」

母は体にへばりついている三匹を平等に交互に撫でながら、

「ああ、みんな一度に撫でたい。手が何本も欲しい」

とつぶやいた。

「孫がそうしたいわけじゃなくて、親が焚きつけているんじゃないの」

「それが最近の子供は頭がよく回るから、自分で考えてお金を出させようとするみたいよ。でもネコちゃんたちはそんなことはしないからね。みんながやるのは御飯が欲しいときだけだものねーっ」

三匹に声をかけると、子ネコたちは同時に、口を大きく開けて、

「みゃーっ」

と鳴いた。

「ほら、見た？　お利口さんなのよ。私のいうことが全部わかるの。そうそう、おやつをあげましょうね」

母が一匹一匹、丁寧に体から剝がし、床に下ろして立ち上がると、ユミコの体にくっついていた子ネコたちも床に下りようとする。壊れ物を扱うようにそっと床に置いてやると、五匹は口々に大声で鳴きながら、細い尻尾をぴんっと立てて、母を追って台所に走っていった。たった一人、居間に取り残されたユミコがそっと台所をのぞくと、母の足元には五匹がまとわりつき、クロちゃんは後ろ足で立ち上がってふくらは

ぎにしがみついている。

(あら、クロちゃんは体の上側は黒いけれど、お腹のほうに白いところがあるのね)

ユミコは母が右に行けば右、左に行けば左と、一緒に移動する子ネコの集団を眺めながら、

「これは大変だ」

とつぶやいた。

子ネコたちの、上を見ながらの「ちょうだい」の絶叫と共に母が現れた。両手にトレイを持ち、五つの器に様々なネコ用おやつを入れて持ってきた。陽がよく当たる床に置くのを待ちきれずに、クロちゃんやトロちゃんの男子組が、立ち上がって器に顔を突っ込んできた。うにゃうにゃうにゃと鳴きながら、子ネコたちはものすごい勢いでおやつを食べている。

「この隙にこちらの用事をしなくちゃならないのよ」

母はうれしそうに台所に戻り、紅茶とユミコが買ってきたケーキをトレイにのせてやってきた。

「はい、どうぞ」

紅茶を飲んでケーキを食べているときも、母の体はユミコのほうを向かず、振り返って子ネコたちを眺めている。

「五匹っていうのはすごいわね。子ネコだからまだいいけど、大人になったら大変なんじゃないの」

「子ネコはかわいいからねえ。このままでいてもらいたいけど、そういうわけにはいかないわね」

「大丈夫？　世話できるの？」

ユミコが聞いたとたん、母はむっとした顔をした。就職する際に、ユミコが父の意見に反論したときに見せた表情と同じだった。

「できるわよ。お父さんみたいに気むずかしくてわがままな人と、五十年間、一緒にいたんだもの。こんなにかわいい子たちのお世話ができるなんて、毎日、うれしいわ」

「そうはいってもね、これからずっとお金がかかるのよ。去勢や避妊手術もしなくちゃならないし。五匹もいると、一匹が風邪をひいたら他の子にうつる可能性もあるし。会社でも一匹しか飼っていないのに、保険がきかないから大変だって、そういっている人もいるのよ。それが五倍になるのよ。ヤマワキさんにも相談して、もらってくれる人がいたら、子ネコのうちに飼ってもらったほうがいいんじゃない」

ユミコとしては、母の経済的負担を思いやっての言葉だったのだが、

「何いってるの。この子たちはみんな仲がいいの。私だって一人でもこの子たちを手放すのはいや。そんな兄妹を裂くようなことをよくいえるわね。あんたって非情な人ね。お父さんに似たのかしら。いやだわ」

と母は顔をしかめた。

あなたこそ、その非情な人間を騙していたんじゃないかといいたくなったが、ユミコはぐっと堪《こら》えた。

「でもお金の問題は大切よ。払えなくなったらこの子たちがかわいそう」

すると母はにやっと笑って、

「大丈夫」

と胸を張った。おやつをもらって満足した子ネコたちは、気がつくと陽当たりのいい場所に置いてある、三つのネコベッドで寝転んでいた。手で顔を撫で回していたり、隣で寝ている子の顔を舐めてやっている子もいて、とても愛らしい。

「何時間見ていても飽きないの」

三つのネコベッドはパステルカラーのピンク、グリーン、ブルーの丸い形で、柔らかそうな生地に小さなネコの柄がプリントされている。自分が知っている母の趣味とはかけ離れたものだった。

「これからお昼寝の時間ね」

ユミコのちょっと苛立《いらだ》った気持ちも、子ネコたちの姿を見て落ち着いてきた。三つあるのだから、分かれて寝ればいいのに、一つのベッドにむりやり四匹が寝ているのもおかしい。トロちゃんは隣のベッドに一匹で寝ていたが、両手はみんなが寝ているベッドの縁にひっかけている。クロちゃんはみんなの下敷きになっていたが、それでも苦にならないらしく、目をつぶって寝ていた。

母娘はしばらくの間、黙って子ネコたちの寝姿を眺めていたが、ユミコは母の、

「大丈夫」

と念押しのようにいわれた言葉で我に返った。

「本当に？　しつこいけど一匹にかかる費用の五倍かかるのよ」

ユミコの言葉に母はすっと立ち上がって、隣の和室に入っていってしまった。いっ

たい何をしているのかと、居間と和室との境の引き戸を眺めていると、母が大きな茶色い紙袋をひきずってやってきた。そこには今は閉店してしまったが、昔から家に米を届けてくれた、駅前の米店の名前が印刷されていた。

「これだけあるから大丈夫」

母はぎゅっとねじってある紙袋の口を開けた。

「どうしたの、これ」

ユミコが中をのぞくと、二十キロ入りの米袋にはたくさんのお札が詰められていた。

「どうしたの、これ」

びっくりしてもう一度聞いてしまった。

「ふふふっ、五十年分のへそくり」

「ええっ」

昔は給料や賞与は手渡しだったので、父から給料日にお金が入った封筒を手渡されると、まず自分のへそくり分を抜いた。そして父にばれないように、生活費を切り詰め、へそくりを増やしていったという。

「よくばれなかったわね」

「お父さんは大きなお金が必要になるときには通帳を見ていたけど、家計は全部私がまかされていて、細かいことはいわなかったから。全然、疑っていなかったんじゃない。お札を下に置いて、その上に布地をたたんで重ねていたから、中をのぞいたくらいじゃ、わからなかったと思うわ」

「それにしてもいくらぐらいあるのかしら」

「この間、ちょっと数えてみたんだけど、三百万まで数えて、面倒くさくなってやめちゃった」

「はあ……」

父が亡くなった後の、母の生活は気になっていた。父が通帳に残した金額は想像よりも少なかったし、母はずっと専業主婦で働いた経験はない。しかしこんなところに貯め込んでいたとは想像もしていなかった。とりあえず蓄えがあってほっとしたが、これから五匹のネコが成長するのを考えると、娘としては心配になる。兄もそうだが自分も会社員で、特別、ゆとりのある生活をしているわけでもないので、正直、こちらに負担がかかってきても困る部分もあるのだった。

紅茶を飲み干し、ケーキを食べて勢いづいたユミコは、

「わかった、私が数える」

と宣言した。

「えっ、ここで?」

母はちょっと驚いていたが、

「だって、お父さんも亡くなったんだし、ちゃんとお金については把握していたほうがいいわよ」

といったユミコの言葉にうなずいて、紙袋をさかさにして、中に入っていたお札を床の上に落とした。現在流通しているお札の他、懐かしい岩倉具視の五百円札、夏目漱石、伊藤博文の千円札、新渡戸稲造、聖徳太子の五千円札、福沢諭吉、聖徳太子の一万円札が出てきた。底のほうにあったものの皺《しわ》を伸ばし、金額別に並べていったら、大台を超えた金額になった。驚いているユミコを後目に、母は、

「やった、やった」

と喜んでいた。父の通帳の金額が少なかったわけがわかった。

「これだけあればネコちゃんたちも大丈夫でしょう。学校にも行かないんだから」

「でも五匹だからね、五匹」

「わかってるわよん」

ユミコはお金の勘定をしてどっと疲れたまま家に戻ってきた。そしてしばらく経って兄が家に帰った頃を見計らって現状を伝えた。

「そんなに貯め込んでいたのか。だけど一生、一匹二百万で足りるか？」

「そうなのよ。それが心配なのよ」

「十八年くらいは生きるだろうし、病気になったら保険はきかないしなあ」

「でも今は有頂天になっているから、ただかわいくて仕方がないだけなのよ」

兄は突然、

「子供の頃、おふくろがおれの小さくなったパンツの前を縫って、ユミコに穿かせようとしただろう。お前がいやがってぎゃあぎゃあ泣いたから諦めたけど。そんなふうに節約して、金を貯めたんだな」

と昔の話をした。ユミコも思い出した。

「そうそう。ゴムのところにササキマサオって黒いマジックで名前まで書いてあったんだもん。あれ、安売りでまとめ買いしたものだったのよね。娘にはそうしても、ネコたちには下にも置かない扱いをしているわよ」

「おふくろが亡くなった後、ネコの面倒を見るのはおれたちだからな。ネコはかわいいからいいけどさ」

「お母さんとネコの介護の両方をしなくちゃならないかもね」

兄妹は起こりうる最悪の状態を想定しておいたほうがよいという意見で一致した。明るくはしゃいでいる母の姿を見ると、よかったと思う半面、それをサポートしなくてはならない、こちらの今後の生活はどうなるといいたくなった。しかし彼女は、今は愛らしい子ネコたちとの毎日で、子供の都合など頭の片隅にもないに違いない。

ユミコは、複数のネコを飼っているのだからきちんと去勢・避妊手術をするようにと母にいい渡した。その後、盛りの兆候があったと連絡があったので、病院に連れていくというと、手術なんてかわいそうと母は渋った。しかしユミコが、

「これはネコたちのため」

と無視して、ネコたちを病院に連れていき、無事、五匹の手術を済ませた。母は、

「痛かったね、辛かったね。本当にごめんね」

と特に問題もなく、元気に帰ってきたネコたちの体を撫でながら大泣きしていた。

その一週間後、実家に電話をすると、

「手術をして痛い思いをして、あまりにかわいそうだから、みんなに爪とぎを買ってあげた」

という。爪とぎはスーパーマーケットで千五百円くらいで売っているのに、三万円近くするものを買ったと自慢する。

「まさか一匹に一個ずつ買ったんじゃないでしょうね」

「そうしようかと思ったんだけど、部屋が狭くなるから、三個にしたの」

自分は兄のお古のパンツを穿かされそうになったというのに、おネコさまたちは、三万円近い爪とぎをお使いになっている。

「みんなね、とても喜んでるの」

「へえ、それはよかったねー」

ユミコは脱力しながら、そういうしかなかった。

五匹の子ネコに見事にやられている母と同様、ユミコも子ネコたちにやられていた。マンションの部屋に一人でいると、無性に子ネコを触りたくなってきた。柔らかくて壊れそうなのに、手足をぐっと踏ん張ると、あの小さな体に力が漲《みなぎ》ってくる。声をかけるとじっとユミコの顔を見て、そして「にゃあ」とかわいい声で鳴く。口からのぞく小さな歯もかわいい。どこもかしこもみんなかわいい。父が亡くなってから、母が心配で前よりも実家に顔を出さなくちゃと思っていたが、今は母よりも子ネコが目当てになっていた。

子ネコの成長は早く、実家に行くたびに大きくなっていた。

「あーら、いらっしゃい」

すっかり明るくなった母は、家で着る服もネコの柄だらけになった。

(お母様、その組み合わせはちょっと……)

といいたくなる、派手なピンク色のネコ柄フリースの上着に、下は同じく派手な水色のジャージ。そのジャージの横には、ネコのかわいい顔のイラストが、ずらっとプリントされたテープが縫いつけてある。

「その服、どこで買ったの?」

「駅前の商店街。かわいいでしょ、このジャージ。ほら、ここにクロちゃん、こっちにトロちゃん、ほらほら、シロちゃんもチャコちゃんもミーちゃんも、みーんないるのよ。この子たちと一緒だと、いいものなんて着られないの。抱っこ抱っこってみんながいってくるから、してやるでしょ。そうなると毛がくっついてすごいの。一緒に遊んでいると、こういう格好がいちばん楽でいいの」

「ああ、なるほど」

ユミコが庭に干してある洗濯物に目をやると、ネコ柄がついたファンシーな衣類がたくさんあった。もう自分のことなど、どうでもよくなったらしいが、母の声は一段階高くなり、身のこなしもきびきびしてきた。

一方、室内は子ネコが来てから一変した。家の中がきちんと片づいていないのを嫌った父は、障子がちょっとでも破れると、

「早く直せ」

と母に文句をいった。なので障子はいつもきっちりと紙が貼られていた。ところが現在、障子の状態はあばら屋のようだった。ほとんどの紙はびりびりに破られていて、障子紙がちゃんと貼られているところなどなかった。またその破れているところを、子ネコたちが面白がって出入りし、穴を大きくする。それだけではなく、男の子のクロちゃんとトロちゃんは競い合うようにして桟をよじ上っていき、いちばん上まで到達する。それはまだいいのだが、降りることができず、助けを求めて、「みゃあみゃあ」と大声で鳴く。おネコさまの一大事なので、そうなると母やユミコは急いで駆け

つける。すると悲しげな顔でいちばん上の桟に必死でしがみついている二匹が、こちらのほうを見ながら、もっと大きな声で、

「みゃあああ」

と鳴くのだった。

「大変。ちょっと待っててね」

母は父が使っていた椅子を障子のところに持っていき、ユミコがその上に乗って無事、二匹を救出した。クロちゃんを母に渡すと、抱っこされた子ネコたちはほっとしたのか、クロちゃんは何度も母の胸に自分の頭をこすりつけ、トロちゃんはユミコの胸にしがみついて、

「みゅう、みゅう」

と小さな声で鳴いていた。

「もう大丈夫だからね」

母娘で同じ言葉を発しながら、居間に戻ろうとすると、

「何、何、どうしたの？　何があったの？」

と、物見高い女の子三人が走り寄ってくる。足元にじゃれついてきて、うっかりす

ると踏みそうになる。ユミコもトロちゃんを抱っこしながら、ネコたちを踏まないようにとつま先立ちになって、よけながら歩いていたら、ふくらはぎがつった。

「いたたた、いたーい」

半泣きになりながらソファにたどりつき、トロちゃんを座面に置いたとたん、

「はああ」

とため息をついて座り込んだ。

「あぶないのよ。私も台所で料理を作っていて、何度もこの子たちを踏んじゃった」

「やだ、気をつけてよ」

「すぐに病院に連れていったけど、何ともなかったから大丈夫よ」

そうか、ネコはすぐに病院に連れていくんだなとユミコは思った。小学生のとき、鼻詰まりで苦しかったのに、母は病院に連れていってくれず、鼻の下にメンソレータムを塗られて、

「これでおとなしく寝ていれば治る」

といわれたのを覚えている。たしかにそれで治ったのだけれど、兄のおさがりのパンツの件もあって、娘と子ネコに対する態度がずいぶん違うように思えてならなかっ

た。

子ネコたちは御飯をくれる母にまとわりつき、母が右に行けば右、左に行けば左と移動した。しかしそれはお腹がすいているときだけで、御飯やおやつをもらってお腹がいっぱいになると、

「こっちにおいで」

と呼んでもみんな知らんぷりをしていた。そんなときの母は、

「ほら、見て。自分たちが興味がないときは、こうなのよ。失礼ね、本当に」

と本気で怒っていた。

「眠いからでしょう。寝かせてあげなさいよ。ネコっていう名前は、寝る子からきたらしいから、ネコは寝ないとだめなのよ」

「それはわかっているけど。私が遊びたいときに遊んでくれないんだもん」

子ネコも自分も御飯を食べてひと息つき、さあ、ゆっくり遊びましょうと思うと、子ネコが寝ているという。

「会社の人もいっていたけど、ネコって自分の思いどおりにならないところが、かわいいんだって」

母は不満そうな顔をしていたが、ネコベッドで寝ている子たちを眺めているうちに、急に、

「うふふ」

と笑いだし、

「ほら、見て。かわいいわねえ。クロちゃんとトロちゃんが抱き合って寝てるわ。あっ、チャコちゃんがシロちゃんとミーちゃんの下敷きになってるけど大丈夫かしら」

とそばにいってしゃがみこんだ。ユミコはバッグからスマホを取り出して、子ネコたちがただ寝ているだけの図を動画で撮影した。

「ほら、ほら、見て。チャコちゃんが右手を上げたわ。肉球がピンク。まー、何てかわいいんでしょう」

母は鼻を近づけて、肉球の匂いをくんくんと嗅いだ。

「あー、かわいい、かわいい」

人差し指で肉球をそっと撫でてやると、チャコちゃんは目をつぶったまま、グーパーを繰り返した。

「きゃー」

母が感激している間に、クロちゃんとトロちゃんは、仰向けになりへそ天になって寝ていた。御飯やおやつをいっぱい食べて、ぽっこりとしたお腹が上下している。

「ああ、もう、金太郎さんの腹掛けをつけたくなっちゃうわ」

母は身悶《みもだ》えしている。ユミコがその金太郎候補の二匹も撮影しているのを見て、

「ねえ、それって携帯で見られないよね」

と聞いてきた。

「うん、お母さん、ガラケーだからね」

「撮影したのは、スマホだと見られるの？」

「私が動画を送ったら見られるわよ。お母さんもスマホにすれば、いつでも動画を撮影できるけど」

そういったとたん、母はえっという表情になり、

「スマホにするわ」

といいはじめた。

「もたもたしているうちに、この子たちも大きくなっちゃうし、このかわいいときに撮影しておきたいわ」

「じゃあ、買うのに付き合ってあげる。それまで私が動画を撮影しておけばいいわね」

ユミコがそういったとたん、母は、この角度がかわいい、トロちゃんのここのお腹のところをアップで、シロちゃんがちょっと舌を出して寝ているのがかわいい、下敷きになっているチャコちゃんの左足が、シロちゃんの首の上に乗っているのもかわいいと、撮影するアングルを細かく指示してきた。

「撮れてる？　撮れてる？」

「はいはい、大丈夫」

撮影したものを母に見せると、

「いやーん、どうしましょう。かわいすぎるわ」

と身をよじっていた。ユミコもかわいい子ネコたちの姿が撮れて満足だった。夕方になったので帰ろうとすると、

「ねえ、私にその撮影したものを送ったら、あなた、困るんじゃないの。もうちょっと撮っていったら？」

最初、何をいっているのかと不思議に思っていたら、母は自分に動画を送ったら、

ユミコのスマホの動画がなくなると思ったらしかった。

「お母さんのところに送っても、消さない限り、こちらの動画はなくならないの」

「へえ、すごーい。それはいいわね」

ユミコはスマホを買う日を母と約束して、家に帰ってきた。

冷凍してあったハンバーグを母からもらってきたので調理し、帰りにコンビニで買ったサラダと一緒に食べた後、同じくコンビニで買ってきたアイスクリームを食べながら、子ネコたちの動画を見ていると、自然に頬がゆるみ、でれーっと笑顔になってしまう。そんな自分に気がついて、

「こんな姿を知らない人に見られたら、アホのように見えるだろうな」

と苦笑した。それくらい、子ネコたちの姿を見ると、会社では「怖い先輩」「上司からも恐れられている」といわれるポジションから無になれた。ただのネコ好きな四十六歳の女である。

「それでいいのよ〜ん」

子ネコの動画は、何度見ても飽きず、見返すたびに新しい発見があった。クロちゃんは意外に耳毛が長いこと、トロちゃんの顎の下にも模様があること、シロちゃんの

内股に茶色い小さな丸があること、などなど、

「お母さん、知ってるのかしら」

あれだけかわいがっているのだから、今度、会ったときに聞いてみよう。知らなかったら、

「ええっ、知らないの？」

とわざとらしくいって悔しがらせてやろうと思った。

次の休みの日、母と待ち合わせてスマホを買いに行った。数多くのパスワードに混乱しながら、やっと母の手にスマホが握られた。

「さあ、これで思いっきりネコちゃんたちが撮影できるわ。そうそう、この間、撮影したのを、すぐに送ってちょうだい」

外で食事でもしようかと提案したユミコに、子ネコたちが待っているから、すぐに家に帰りたいと首を横に振った母は、デパ地下で二人分の弁当を買って、家で食べるといい張った。

「はい、わかりました」

ユミコは母のいうとおり、荷物持ちになって実家に行った。家が近くなると母は早

足になっていった。そして鍵を開けるのももどかしそうに、玄関に靴を脱ぎ捨てて家の中に入ると、

「ただいまー。お母さん、帰ってきましたよー」

と大声で叫んだ。

(お母さんじゃなくて、おばあちゃんでしょうが)

ユミコは腹の中でつぶやいた。ユミコも母の後を追うと、寝ていた子ネコたちのうち、クロちゃん、トロちゃん、シロちゃんが目を覚まし、んーっと伸びをして、とことこと歩いてきた。みんな尻尾をぴんぴんと立てている。

「ごきげんね」

ユミコも床に座って彼らを撫でてやっていると、

「そうなの。みんな私のことが大好きだから」

と母は胸を張った。

(それは御飯をくれる人だからだよね)

といいたかったが黙っていた。

「みんなごめんね。お母さんがいなくて寂しかったでしょう。おやつをあげましょう

ね」

母が台所に行くと、寝ていた子ネコたちも飛び起きて、だだーっと母の後を追っていった。ミーちゃんが、しまった、出遅れたといった感じであわてて走っていき、床でちょっと足を滑らせた。そのあわてふためき方も愛らしい。

「はいはい、わかりましたよ。あーあー、そこに上がっちゃだめ。あーっ」

母の悲鳴と同時に、がっしゃーんと大きな音がした。ユミコも急いで台所に行くと、床に割れた食器が散らばっていた。子ネコたちは音にびっくりしたのか、みな、

「あっ」

という表情でその場に固まっていた。調理台の上にクロちゃんが乗っているのを見ると、どうもこの子が落としたらしい。

「みんなのかわいいあんよに破片が刺さったら大変。ほら、ユミコ、ぼーっとしてないで、さっさと掃除機を持ってきなさいよ」

子ネコに対する話し方と、自分に対する話し方がずいぶん違うと思いながら、ユミコが急いで掃除機を持ってくると、母はすでに子ネコ五匹を調理台に上げていた。

「ほら、ちゃんと吸って。小さい破片も残したらだめよ」

ユミコが掃除機をかけると、子ネコたちは音にびっくりして、あわてて調理台の上を走り抜けて、台所から飛び出していった。

「あーあーあー」

母もあわてて子ネコたちを追いかけていった。ユミコは小さな破片ひとつも残さないように、掃除機を何往復もさせた。そして念には念を入れて、雑巾で床を拭き上げた。ふと顔を上げると、掃除機の音がしなくなったのを見計らって戻ってきた子ネコたちが、はいつくばって床を拭いているユミコの姿を、じーっと見ていた。

「もう大丈夫だからね」

声をかけると、みんな目を見開きながら、床を見ている。シロちゃんが、

「みゃあ」

と鳴いてくれたのが、ありがとうといっているかのように聞こえて、うれしかった。

「はいはい、おやつをあげましょうね」

すでに子ネコたちはわかっているのか、母がおやつの入っているカゴに手を伸ばしたとたん、

「わあああ、わあああ」

と大声で鳴きはじめた。男の子たちはクロちゃんが立ち上がると、負けじとトロちゃんが立ち上がり、よろけそうになるとクロちゃんにつかまって、結局、二匹とも共倒れになるのを繰り返していた。女の子たちは口々に鳴きながら母ににじり寄ってアピールしている。

「あらあら」

ユミコはそんな子ネコたちの姿をかわいいと思う半面、この子たちが大きくなったら、いったいどうなるのだろうかと想像した。食欲旺盛なクロちゃんとトロちゃんは、しっかりした足の形から、相当大きくなりそうだし、女の子たちも男の子に比べたら華奢だが、同じく食欲旺盛で運動量も多い。男の子は桟上りのように上下に動くが、女の子たちはものすごい勢いで床を走り回る。たまに勢い余って壁まで走ったりする。

「こりゃ、大変だ」

これから歳を取っていく母が、五年後、十年後、この活発な五匹のネコたちの面倒を見られるのだろうかと本気で心配になってきた。こちらが世話をするのは問題ないのだが、あまりに贅沢をさせすぎると、自分たちの代になったときに経済的に困る。

母がネコに買っている御飯もおやつも、スーパーマーケットで売っている気軽に買えるものではなく、高級ペット用品店で売っている外国製のものばかりだ。おやつが二十グラムで八百円以上と聞いて、コンビニで百円単位のおやつを買ったりするユミコは、

「人間以上じゃないの」

と驚いた。

「うちの子たちは安いものは食べないのよ。どうしてかしらねえ」

首を傾げている母に向かって、

「あなたがそういうものばかりをあげるからでしょうよ」

とユミコが突っ込んだ。

「一度、高いものをあげると、安いものは食べなくなるのよね。食べないものはこの子たちを連れてきてくれた、ヤマワキさんに差し上げたりしているんだけど。そのお店で売っているものしか食べないのよ」

ネコたちの御飯、おやつの価格は通常の三倍らしい。

「大丈夫？　この調子じゃ、へそくりもあっという間になくなるわよ」

「そうかしら」

「そうよ。毎日の食事代が高額だし、これからネコたちが病気になったりしたら、通院の費用だって大変なんだって」

「あら、足りないかしら」

「足りませんよ。五匹よ、五匹」

ユミコは力を込めていった。

「そうなの？　でもこの子たちはこのおやつが大好きなのよ」

子ネコたちはうにゃうにゃと小声で鳴きながら、おやつにかぶりついている。

「だいたい、ネコにおやつなんかいるの？　御飯をお腹いっぱい食べたら、それで済むんじゃないの」

「だって、おやつをあげると喜ぶんだもん」

母はむっとした。そして子ネコたちの背中をかわりばんこに撫でながら、

「お姉ちゃんはひどいことをいうのよ。あなたたちにおやつをあげるなっていうの。みんなでひっかいてやりなさい」

といった。

「はあ？」

おやつを完食した子ネコたちが知らんぷりをしているのが幸いだった。母は買ったばかりのスマホで、子ネコたちの姿を熱心に撮影していた。

最初から安い御飯に替えると食べないだろうから、少しずつ混ぜていって、半月後くらいに安いものに完全移行すればいいのではと、ユミコはアドバイスして家に帰ってきた。するとそれから、母はいやがらせのように、子ネコたちが安い御飯を食べない動画を送ってよこした。安いほうを三分の一の量、器に入れている台所での様子を写し、それを子ネコたちの目の前に置くと、わーっと御飯を食べたが、きっちり三分の一を残していた。

「だから、混ぜ込まないとだめなんだってば」

ユミコが怒りながら次の動画を見ると、母は同じく三分の一の量を、いつもの御飯に混ぜ込んで器を置いた。すると子ネコたちは寄ってきたが、ふんふんと匂いを嗅いだ後、母の顔を見上げながら、

「にゃーん」

と鳴いた。クロちゃんはもう一度匂いを嗅いでいたが、食べなかった。五匹の子ネコはとっても悲しそうな表情になり、「ひえーん」「あーん」とこれまた悲しげな声で

鳴いた。それを見たユミコは、

「あ、そんなつもりじゃなかったのよ。ごめんね」

とスマホの画面に向かって謝ってしまった。そして母がいつもの御飯を目の前に置いてやると、子ネコたちは「待ってました！　これですこれです」と尻尾をぴんぴん立てて、元気よく御飯を食べていた。そこに母の、

「おわかりですか？　このような状態です」

と抑揚のないナレーションが入って、映像は終わった。

ユミコはこれは実際に行動に移すしかないと、スーパーマーケットで売っているうちの、最も高いキャットフードを買ってみた。母が動画であげていたものよりは高いけれど、それでもふだん食べさせているものよりはずっと安い。それを持って実家に行くと、あばら屋になっていた部屋に天井までの大きなキャットタワーが二本、設置されていて、五匹はそれぞれの居心地のいい場所でのんびりと横になっていた。

それを横目で見ながら、買ってきたキャットフードのパウチの封を開けてみたら、みんなキャットタワーから降りてきて、袋をのぞきこんで匂いを嗅いでいたが、すぐにぷいっとその場を離れてしまった。

「ほーらね、うちの子たちは口が奢《おご》っているから」

母はうれしそうにしていたが、ユミコは、

(何が、ほーらね、だ)

と腹が立ってきた。

「かわいいのはわかるけどね、一匹でも贅沢をさせると大変だっていうわよ。それが五倍よ、五倍!……」

ユミコが真顔で諭しても、母は、ふんふんとうなずきながら、膝の上に次々と乗ってくる子たちの相手をしてやっている。「これから軌道修正しないと、後が大変」「ネコが気に入れば、爪とぎなんて高くても安くても同じ」「必要以上に贅沢をさせるのは、飼い主の自己満足」と、一気にいい放って目の前を見ると、子ネコたちは、頭、肩、膝の上と母の体にてんこ盛りになっていて、揃ってじーっとユミコの顔を見ていた。

ユミコがぐっと言葉に詰まると母は、

「ほら、あまり怖いことばかりいうから、この子たち、全然、ユミコのところに寄っていかないじゃない。ねー、お姉ちゃんは怖くていやねー」

わざとらしく子ネコたちに声をかけると、子ネコたちは母の顔を見上げて、

「にゃー」

と次々に声をあげた。

(ど、どうしたんだ、この子たちは。洗脳されているのか)

ユミコは言葉を失い、母と、木に留まる鳥状態になっている子ネコたちを見つめた。しばらく見合っていたが、そのうちクロちゃんとトロちゃんは、母の頭の上や肩にいるのに飽き、ぴょんと床に飛び降りて、追いかけっこをはじめた。それを見たシロちゃんも母の肩の上から飛び降りて、兄弟の後を追いかけた。残りのチャコちゃんとミーちゃんは、母の膝の上で横座りをしてまったりしていた。目をしょぼしょぼさせているので、そのまま寝るらしい。

「こんなにかわいいと思わなかったわ」

母はうっとりとした表情で、膝の上の子ネコたちを撫でた。

「それはかわいいわよ」

「そうよ。だからいいじゃない。私のお金でやってるんだし」

「だから、その私のお金じゃ足りなくなるって。ちゃんとネコ用に家計簿つけてる？

たくさんへそくりがあると思って、気がゆるんでいるんじゃないの」

「そんなに、やいやい、いわなくたって、いいじゃないの。お父さんが亡くなってから、家計簿は面倒くさいからつけてないわよ」

母はむっとした。

「じゃあ、私が計算してあげる」

ユミコは、子ネコ一匹について、当初の予算は二百万円、そしてこれまで使った、ゴージャスな爪とぎ代、去勢・避妊手術代、御飯代、おやつ代をスマホの電卓で計算し、

「いいですか、家ネコって二十年近く生きるんですよ。病院にも連れていかなくちゃいけないし、このまま贅沢をさせ続けると、破綻しますよ」

とネコを飼っている同僚の話から推測した、病院での治療代などを加えて、スマホを母の前につき出した。

「薬代もね、月に十三万、かかる場合だってあると聞きましたよ。手術などが必要になった場合は、もっと高額になります」

母は黙って数字を見つめ、はーっとため息をついた。

「生半可な気持ちで飼っちゃだめなのよ。最後まで責任を持たなくちゃいけないんだからね」

「わかってるわよ、それくらい」

ますます気分を害したらしい母はぷいっと横を向いてしまった。膝の上の子ネコたちは、すでに寝てしまって我関《われかん》せずである。すると母は横を向いたまま、ぶつぶつと何事かいいはじめた。何をいっているのかと聞いていたら、お父さんの本棚や机、結城の着物と羽織や腕時計はいらないから、あれを売ればいいなどといっていた。

（遺品を売る？　たいした高級品でもないのに、そんなものでまかなえるわけないじゃないの）

ユミコは呆れたが、ここでまた文句をいうと場が荒れるのはわかっていたので黙っていた。

それから母はユミコとは目を合わさずに、子ネコとだけ話をしていた。母娘の状態を察したのかどうかはわからないが、目を覚ましたミーちゃんが、母の膝からユミコの膝の上に移動して、支えようとした手をぺろぺろと舐めてくれた。ざらっとしている。

「ありがとう。ミーちゃんは優しいね。ありがとう」

頭や顎の下を撫でてやると、うれしそうに目を細め、ぐるぐると鳴いた後、

「あん」

と小さな声で鳴いた。その声にユミコの胸はわしづかみにされてしまった。膝の上のほわっとした生き物のあたたかさに、しばらくの間、ぽーっとしていると、走っていったクロちゃんとトロちゃんが、それぞれ気に入ったネコじゃらしを咥えて戻ってきた。それから一歩遅れて追いかけてきたシロちゃんは、突然、ジャンプをしてトロちゃんの上に落下した。トロちゃんがその衝撃でころっと転がると、その隙にシロちゃんがネコじゃらしを横取りしようとし、そうはさせまいとトロちゃんがシロちゃんを追いかけるという、見ているると目がぐるぐると回りそうな、おもちゃ争奪戦がはじまっていた。

「おもちゃは他にもあるでしょ、ほら、シロちゃん、これは?」

ユミコが、咥えると音が鳴る、ねずみ形のおもちゃを見せても、何の関心も示さない。家の中を走り回り、何度も柱や壁にぶつかるのを繰り返して、やっと三匹は落ち着いた。落ち着いたかと思ったら、今度は母に向かって、顔を見上げながら真剣な顔

でにゃあにゃあと訴える。

「はいはい、おやつね、わかりましたよ」

母はちらりとユミコのほうを見て、膝の上のチャコちゃんを床に下ろし、台所に歩いていった。ユミコの膝の上にいたミーちゃんも、急いで母の後を追いかけていった。

「そうやってリッチなおやつをもらうのね」

母がおやつの入った器をトレイの上に置くまで、五匹はわあわあと鳴き続け、置いてもらったとたんに、ものすごい勢いで食べはじめた。ユミコと母は、それをじっと見ていた。母がおいしい？　と聞くと、トロちゃんが顔を上げて、

「みゃん」

と鳴いた。

「ああ、よかったわねえ」

母は優しく子ネコたちに声をかけた後、

「わかった？　私はこれでいくわよ」

とユミコにドスの利いた声でいった。尻尾を立てて体中で喜びを表現している子ネコたちの姿を見ると、ユミコはそれ以上は何もいえなくなってきた。母から送られて

きた、安いものが混ざった御飯を出されたときの、子ネコたちの悲しそうな動画が頭にこびりついていた。

「お金のことはほっといてちょうだい！」

母は語気を強めた。チャコちゃんが、一瞬、「ん？」という顔でこちらを見たが、また目の前のおやつに食いついた。

母とはその場で仲直りすることもなく、ユミコは実家を出た。帰り道、

「ネコ、かわいいからなあ」

とつぶやいた。自分だったらどうするかと考えると、何万円もする爪とぎは買わないけれど、好きで食べる御飯は、ちょっとくらい高くても買っちゃうかもしれない。しかしそれは一匹のことで五匹分はとても無理だ。子ネコたちが二十年で天寿を全うしたとすると、母は九十歳。微妙な年齢である。最後まで面倒を見きれるかどうかもわからない。あのままだと実家は、明らかにネコの家になってしまうに違いない。

「あーあ、これからは旅行は諦めて、ネコ貯金をはじめるしかないな」

ユミコは苦笑した。

歳の差夫婦とイヌとネコ

　サトコは六十六歳、夫のオサムは四十八歳、事実婚をして三年目である。彼女は公務員として働いていた五十歳のときに会社員の前夫と別れた。子供はおらず夫のギャンブルの金遣いのひどさに耐えられずに別れた。友人が誰も金を貸してくれなくなると、サトコの母親にまで金を無心する始末だった。そんな状況だったので、二度と結婚はするまいと考えていたら、オサムと出会ってしまった。

　彼は彼女が週に一回通っていた、近所のスポーツジムで、裏方の仕事をまかされていた。彼女が商店街の雑居ビルの中にあるジムに行くと、彼は、

「こんにちは」

と明るく挨拶をして、出入口の床をモップで拭いていた。あるときは一生懸命にガラス窓の拭き掃除もしていた。そして会員が声をかけると、他の用事をしていても、

「はい、今、行きますから少しお待ちください」

と快く応対する。感じのいい人だった。

サトコも顔を合わせると、

「あなたの顔を見ると、ほっとするわ」

と弟や甥に話すような感覚で話をした。

「そうですか。ありがとうございます」

照れくさそうに素直に頭を下げるのも、感じがよかった。ジムの顔なじみの奥さんの中には、

「ああいう外面のいい人が、裏に回ると問題がある場合もあるしね。あまりに感じがいいっていうのもくせ者よね」

という人もいた。サトコも、そういう話もよく聞くなあと、うなずいていた。しかし彼がそうであっても、彼女には関係がなかった。このときはまだ彼に対する特別な感情などなかったのである。

それに変化が起きたのは、商店街でかわいがっていた野良ネコが亡くなったときだった。いつも鮮魚店周辺をうろついていたのだが、店主もそのネコをかわいがってい

て、魚の切れ端などを器に入れて、毎日あげていた。それを見たお客さんが、

「うちよりも豪華なものを食べてる」

といったくらい、かわいがられていた。そのネコは若い女の子が好きで、タピオカ店の前に行っては、群がっている女の子たちに愛嬌を振りまいていた。

「きゃー、かわいーっ」

体を撫でられたり、スマホで写真を撮られたりして大騒ぎになっていた。それを見た人が、

「チビちゃん、若い女の子に大人気だったわよ」

と鮮魚店の店主に話すと、

「チビちゃん？」

ときょとんとした。いつもお宅の店の前にいるネコだといわれて、

「ああ、トラオね」

とうなずいた。

「あら、そうなの。八百屋の奥さんがチビっていってたけど」

「あの子は商店街でいっぱい名前をもらってんの。みんな好きな名前で呼ぶからね。

でもそれ全部にちゃんと返事をするから、ちゃっかりしてるんだよ」

店主は笑っていた。

そのみんなに好かれていたネコが、ジムのあるビルの横の路地で倒れているのを、一階に入っている喫茶店の奥さんが発見し、急いで動物病院に連れていったが間に合わなかったのだ。商店街の人はみんな悲しんでいたのだが、特にオサムは人目も憚《はばか》らずに、

「かわいそうに」

と大泣きした。彼は自分が住んでいるアパートは動物を飼うのが禁止なので連れて帰ることができなかったのだが、ネコのこれからを考えると、身軽な独身だし、動物が飼えるところに引っ越して、亡くなるまで面倒を見てもいいと思っていたと、泣きながら話していた。それを聞いた喫茶店の奥さんもサトコももらい泣きした。

サトコも動物は大好きだったが、元夫との生活が日々闘いだったので、こんな環境で生き物を飼うのはかわいそうだと自粛していた。引っ越してひとり暮らしになってからも、動物を飼おうと踏ん切れなかったし、外で見かけるイヌやネコを見て、気持ちを和ませていた。商店街をトラオが悠々と歩くのは何度も目撃していたし、その姿

を見るたびに、ああ元気にしていてよかったなと安心していたのだった。

鮮魚店の店主が喪主となり、商店街でカンパをしてお葬式をしたのだが、火葬の前に商店街の人々や買い物客がお花を手にして集まって、口々に「トラオ」「チビ」「マルシッポ」「トラマル」「タイショウ」など、自分たちが勝手につけた名前を呼んで、永遠の別れを惜しんだ。もちろんオサムもその中に交じり、どの人よりも大泣きしていたと、喫茶店の奥さんから聞いた。

「まるで子供が泣いているみたいだったのよ。本当に動物が好きなのね」

そういった様子を知って、サトコは、やっぱり優しい人だったんだなと、また彼に対する点数が上がったのだった。

年末にジム内の忘年会があり、そこに彼も参加した。偶然、サトコの隣に座った彼は、参加者に料理がちゃんと供されているか、ボトルが空いて邪魔になっているところはないかと、終始、気を配っていた。ジムのオーナーからも、

「いいから、きみもゆっくり飲みなさい」

といたわられるほど、せっせと世話をしていた。

「はい、ありがとうございます」

頭を下げて彼はやっと、ふた口目のビールを飲んだ。

サトコと雑談しているうち、今年もいろいろとあったという話になり、つい、

「ネコちゃんも亡くなっちゃってねえ」

といってしまうと、みるみるうちに彼の目には涙があふれ出し、

「ちょっと、すみません……」

と小声でいって、席を立ってしまった。

（泣かせちゃった……）

サトコは楽しい席なのにと深く後悔した。しばらくして戻ってきた彼は、

「失礼しました」

と笑ったが、目は真っ赤だった。

「ごめんね。変なことをいっちゃって」

それからサトコはひたすら謝り、彼は笑って、

「もう大丈夫ですから」

といった。謝りながら彼女は、

（絶対に大丈夫じゃないでしょう）

と思ったが、ただひたすら恐縮することに徹していた。

ずっとそれが気になっていたので、ささやかなお詫びのつもりで、サトコは煮物を多めに作って密閉容器に入れ、

「たくさん作ったから、よかったら食べて」

と彼に渡した。するととても彼は喜んでくれた。それでもまだ弟や甥に対するような気持ちでしかなかった。しかし彼から御礼といわれて、おいしいという噂のラーメン店に誘われたり、またお惣菜をあげたりしているうちに、だんだん親しくなっていき、一緒に暮らそうという話になった。

その話をした友だちには、

「十八歳下？　あなた大丈夫？　年金を狙われているんじゃないの？」

などと驚かれた。

「自分の歳をよく考えたほうがいいわよ」

ともいわれた。しかし二人の間では、動物が飼える新居を探しているところだった。

サトコは、自分の友だちが同じ状態だったら、自分も同じ言葉をいってしまうだろうと、いろいろといわれても気にしていなかった。

そして彼は、自分が今住んでいる駅から、電車で二十分離れた場所に、賃貸の古い一軒家を見つけてきた。駅から徒歩五分の住宅地の中にあり、近所でイヌを飼っているお宅も多いようで、二人で見に行って即決した。住む家は決まったが、サトコはジムの奥さんたちの噂話の種になるのはいやだったので、ジム通いをやめた。籍を入れるわけではないので、彼もジムの人たちには黙っていたようだ。お互いにちょっと気恥ずかしいところはあったが、二人の生活は穏やかだった。

彼に、ジムの奥さんたちが噂をしていたような裏の顔はなかった。裏の顔はなかったが、表の顔がどんどん出てきた。テレビを観ていて、動物ネタが流れると、にこにこしてずっと観ているので、

「早く行かないと遅刻するわよ」

とお尻を叩かないと家を出て行かない。また動物の悲しい話がはじまると、サトコが、

(あー、この分だとすぐに泣くな)

と思ったとたん、彼はだーっと泣いてしまう。クマやシカの駆除の話題にはいつも激怒した。イヌやネコのシェルターの話のときも、目にいっぱい涙を溜めて観ている。

「あの子の顔を見た？　寂しそうだったね。本当にかわいそうだ」

まるで小学校低学年の子供がそのまま中年になったようだった。

このような動物第一主義の人なので、彼は米、小麦、豆、野菜しか食べなかった。

「お惣菜をあげたときはどうしたの」

「あのときは野菜だけ食べた。ごめんね」

彼は素直に謝った。サトコに対して食べ物に関しては強制しなかったけれど、彼に合わせた食事になっていった。たしかに消化がいいのか、サトコも体が軽いし体調はいいのだが、その代わり何となく体がぱさぱさになったような気がしてきた。植物油もちゃんと摂取しているのに、それだけでは間に合わないくらいだった。それを正直に話すと彼は、

「そうか。ボディークリームをたくさん塗ってもだめかなあ」

「塗ったんだけど、中から脂を補給しなくちゃだめみたい」

「そうか、困ったねえ」

それで話は終わった。少しお金はかかるけど、昼間は自分一人なので、外食で肉料理を食べるのもいいかもしれないと思った。

ある日、家の前を掃除していると、隣の奥さんが声をかけてきた。挨拶に行ったとき、どうも姉弟と誤解されたようなので、面倒でそのままにしてあった。奥さんの話によると、この先の公園の隣にある家でひとり暮らしをしているおばあさんが、施設に入ることになったという。

「ああ、そうなんですか」

サトコはそう返事をしたが、その家にはイヌがいたのを思い出した。おばあさんが手押し車のハンドルにリードをくくりつけ、柴犬タイプの雑種の子を散歩させている姿を何度も見かけていた。

「ワンちゃんは……」

「そうなのよ。それが問題でね」

奥さんの話によると、おばあさんは身よりがないので、施設に入るまでの十日間にイヌのもらい手が決まらなかったら、保健所に連れていくしかないといっているという話だった。ご近所では、これ以上はイヌを飼う余裕がないお宅ばかりなので、誰かもらってくれる人がいればと、その話が伝言ゲームのように広がっているという。

「おばあちゃんもイヌがかわいいから、自分の歳を考えないで、つい家に入れちゃったのよね。まだ三歳くらいだと思うけど」

サトコは仕事から帰ったオサムに、夕食を食べながらその話をした。オサムの顔色が変わった。

「イヌが?」

「そうなのよ。何とかしないと」

「もらおう」

即座に彼はいった。ふだんはおとなしいのだが、きっぱりとした表情になった。

「そうね、うちは何の問題もないし」

オサムは食卓に箸を置いて、家を出て行った。驚いてサトコが後を追いかけると、ずんずんとおばあさんの家まで歩いていき、ドアのところで何度もお辞儀をしている。サトコが顔を出すと、彼は、

「妻です」

とおばあさんに紹介した。

「あらあら、どうも」

おばあさんは一瞬、怪訝《けげん》な顔になったが、すぐににこやかな表情に戻り、膝をさす

りながら何度も頭を下げた。イヌはおとなしく横に座っている。そして彼からイヌをもらい受けたいという言葉を聞いたとたん、ぽろぽろと涙をこぼして、何度も、

「ありがとうございます」

と頭を下げた。やっぱり彼も一緒に泣いた。

「タロウちゃん、よかったね。あんたをもらってくれる、お優しい方が来てくれたよ」

傍らに座っているタロウは、おばあさんに飛びついて顔を舐めた。

「ほら、あなたからも御礼をいいなさい」

そういわれたタロウは、サトコたちを見て、大きく尻尾を振っていた。おばあさんとオサムとの間で、施設に入る日に引き取ると話はまとまった。

「じゃあ、タロウちゃん、またね」

オサムが頭を撫でると、タロウは今度は彼に飛びついて顔を舐めていた。

「ああ、よかった、よかった」

彼は小走りで家に帰り、また箸を取って御飯を食べはじめ、珍しく三杯おかわりした。

タロウに慣れてもらうため、オサムは勤務時間を繰り上げてもらって、一時間早く家に帰り、サトコは晩御飯用のお惣菜をいくつか作って、おばあさんの家に行った。

タロウは人懐っこく、電気こたつを囲んでみんなで食事をしていると、おばあさん、オサム、サトコの順番でぐるぐると回り、肩越しに手元をのぞきこんで、

「何かもらえませんか」

といった目つきでじーっと見る。わざと、

「どうしたの？」

と聞くと、鼻にかかった小さな声で、

「くーん、くーん」

と鳴いた。

「これはね、タロウちゃんにはあげられないんだよ」

オサムが手にした里芋の煮物を皿に戻して頭を撫でると、もう少し大きな声で、

「くーん」

と鳴いた。それを見たおばあさんは、

「あら……、私が何でもあげちゃってたから。いけなかったんでしょうか。獣医さん

には健康っていわれているんですけど」

と困った顔をしたので、夫婦は、

「いえいえ、元気なら大丈夫ですよ」

ととりあえず慰めた。

「りんごだったらいいかな」

サトコがりんごを剝いてやると、タロウはしばらく匂いを嗅いでいたが、おいしそうな音をたてて食べはじめた。

「あげるけど少しだけよ」

りんごを四分の一もらって、タロウは満足したようだった。おばあさんの脇に陣取って横座りをして和んでいる。

「おとなしいいい子ですね」

「そうなんですよ。私が年寄りなのがわかっているのか、他のお宅の子のように、跳ね回ったりはしないですね」

「お利口さんね」

サトコが声をかけると、タロウはちらりと彼女のほうを見て、尻尾をぱたぱたっと振った。自分たちが嫌われていないようなのを確認して、夫婦はほっとした。そしておばあさんたちを家に招くと、タロウは興味津々で家中の匂いを嗅いで回っていた。

タロウとの交流を深めているうちに、おばあさんの施設の入所日がやってきた。施設の男性が車でやってきて、おばあさんを乗せた。夫婦はタロウを抱っこして車に近づくと、おばあさんは手を伸ばして何度もタロウの頭を撫でて、

「いい方にもらわれてよかったね。かわいがってもらうんだよ。ごめんね、ごめんね」

と何度も泣きながら謝った。サトコが胸いっぱいになって泣きそうになっていると、

「ひいーっ」

という声が聞こえた。オサムがタロウを抱っこしたまま、泣きだした。そして、えっぐえっぐと子供のようにしゃくりあげはじめたものだから、それまで泣いていたおばあさんのほうがびっくりしていた。しばらく別れの儀式が続いた後、車は出発した。そのとたんタロウはオサムの手から飛び降り、ものすごい勢いで走って追いかけようとした。それをオサムが必死にリードを引っ張り、抱きかかえてやめさせた。ワンワンと今まで聞いたこともない大きな声で吠えるタロウを抱きしめながら、

「また会えるときもあるからね、一緒にお家に帰ろうね」

といいオサムはまた大声で泣いた。路地を通る人たちが、びっくりしてオサムたちを見ていた。

「そろそろ帰りましょうか」

サトコが声をかけると、車が走り去った方向を見続けているタロウを抱っこして、オサムは泣きながら家に戻った。

「はあ」

オサムはタロウを家に入れたとたんに大きくため息をつき、足を拭いてやった後、自分の顔を洗いに洗面所に立った。

「タロウちゃん、寝るのはここがいいかな。好きなところで寝ていいんだけど」

サトコが声をかけても、タロウは落ち着かない様子で、ぐるぐると部屋の中を回っている。

「あのね、おばあちゃんはちょっと離れたところに行ったからね、これからはここがあなたのお家なのよ。慣れてくれるといいんだけどな」

そういいながら頭を撫でると、いちおう手を舐め返してはくれるのだが、やはり落ち着きがない。

「それはそうよね。今まで一緒にいた人が急にいなくなっちゃったんだもの」

タロウは玄関に行くと外に向かって吠えはじめた。

「こっちにおいで、ねっ、そこは寒いから」

オサムが声をかけて居間に連れてくると、しばらく尻尾を振ってそばにいるが、はっとした表情になって、また玄関に走っていって吠えた。それを見たオサムは、不憫《ふびん》だといってまた泣いた。あっちでもこっちでも泣いているので、サトコは困ってしまった。いぬのおまわりさんの歌詞を思い出した。

タロウは十五分ほど吠え続けていたが、諦めたのか、とぼとぼと重い足取りで夫婦がいる居間に入ってきて、拗《す》ねたような表情で床にくるっと丸くなった。

「そのままじゃ寒いね。今、毛布を持ってきてあげるから」

サトコが急いで毛布をたたんでやると、その上で丸くなって、目をつぶってしまった。

「かわいそうに、疲れたんだね」

オサムは目にいっぱい涙を溜めている。涙もろく人がいいのはわかるが、よくこれだけ泣けるものだと、サトコは感心してしまった。

おばあさんからもらったドッグフードも、食べるには食べるが、いまひとつ元気がない。あとは時間に解決してもらうしかないと、夫婦はまだどちらとも一緒に寝る気がなさそうなタロウを気にしつつ、床に入った。

翌朝、サトコは異臭で目が覚めた。いやな予感がして起きると、居間、台所、玄関にタロウの糞尿が散らばっていた。

「ああっ」

驚いてタロウの顔を見ると、昨日と同じように拗ねた表情で毛布の上で丸まっていた。とにかく早く片づけなくてはと思っていると、起きてきたオサムが状況を把握して、

「あっ」

と叫んだとたん、ものすごい勢いでペットシーツや雑巾を持ってきて、床を掃除しはじめた。

「かわいそうに、かわいそうに」

そういいながらまた泣いていた。それを横目で見ていたタロウは体を起こし、毛布

の上で、悲しげな風情で座っていた。

「いいんだよ、タロウちゃん、いいんだよ。気にしないで」

オサムは声をかけながら、はいつくばって床を拭いて、あっという間にきれいにした。

「ありがとう」

サトコの言葉にオサムは大きくうなずいて手を洗い、戻ってきてタロウの横に座った。そして、

「不安になったんだね、かわいそうに。でも安心して。ここはタロウちゃんの家だから」

と体を優しく撫でてやった。タロウは彼の手を舐めたものの、いまひとつ元気がない。タロウにしてみたら当然のことと、とにかく夫婦はタロウを慰め、朝の散歩に連れていった。おばあさんの手押し車にくくりつけられているときは、ゆっくりと歩いているおとなしい子と見ていたのに、リードをつけて外を歩かせると、ものすごい勢いで走るので、オサムは足がもつれて引きずられそうになった。

「おばあちゃんと一緒のときは、気を遣ってゆっくり歩いていたのね、きっと」

「そ、そうだね」

二人は早足で歩かなければならず、会話をするのも結構辛い。

「ちょ、ちょっと待ってタロウちゃん。お父さんもお母さんもついていけないからあ」

車が走っている道路で、やっとタロウは止まってくれた。

「私、この歳になって、こんなに走ったことはないわ。ジムにも通ってないから、体もなまってるし」

「元気になってくれるのはいいけど、力一杯走られてもなあ」

車が通り過ぎると、待ってましたとばかりに、一段とギアを上げてタロウは走り出した。

「こら、こら、だめだよー、タロウちゃん」

明らかに自分の能力以上の走力を求められている夫が遠ざかっていくのを、サトコはマナー袋を手に息を切らして後を追った。

散歩を終えたタロウは、食欲が出てきたのか、きっちり決められた量を食べてくれた。二人がトースト、目玉焼き、サラダ、コーヒーの朝食の準備をはじめると、

「何か食べられるものはありませんか」

といった表情で、テーブルの上をのぞきこもうとする。オサムが火を通しただけのかぼちゃをちょっとだけあげると、喜んで食べた。

「それで終わりだからね。いい子だね」

彼がしゃがんで体を両手でさすってやると、肩の上に顎を乗せて、うれしそうな顔をしていた。これまで我慢して溜め込んでいた走りたいパワーを、少し発散できてすっきりしたのかもしれない。

「まだ三歳だものね。いちばん元気なときよね」

夫婦は朝食を食べながら、少しでも元気になってくれてよかったと喜び、このままこの生活に慣れてくれればと話し合った。

タロウを引き取ってから五日が経ったとき、顔は見知っているが、会話を交わしたことはない近所の奥さんがやってきた。胸には、白地にキジトラの柄がぶちになっているネコを抱いている。

「こんにちは」

ドアを開けたサトコは頭を下げた。

「あそこのおばあちゃんのところのワンちゃん、引き取られましたよね」

「はい」

「この子もね、おばあちゃんのところで、御飯をもらっていたんですよ。飼いネコじゃなくて、いろいろなお宅で御飯をもらっていて、おばあちゃんの家にも通っていたんですけど。一緒にこの子もお世話してもらえませんか」

「ああ、はあ」

急な申し出にサトコが返事に困っていると、仕事が休みで家にいたオサムがタロウを連れてやってきた。そしてサトコが彼に事情を話す前に、

「あっ、かわいい」

とサンダルを履いて玄関に降り、抱っこされているネコの頭を撫でた。奥さんはこれ幸いと、彼の胸にネコを押しつけ、

「それではよろしくお願いいたします」

と急いで出て行った。

「ええっ、あの……」

サトコが驚いているのを後目に、オサムはネコに頬ずりしながら、

「おとなしくてかわいいね。左耳がカットされてるから女の子だね。どうしたのこの子」

とサトコに聞いた。彼女はそののんきさにちょっとむっとしながら、事情を話すと、

「いいじゃん、タロウちゃんとセットで」

と彼はまったく意に介さないようだった。

「タロウちゃん、このネコちゃんと顔見知りかな。この子もうちの子になったから、よろしくね」

タロウが尻尾を振って見上げているのに、ネコは抱っこされながら、小さくシャーッとかました。

「それは挨拶代わりのシャーだな」

彼は笑ってネコを抱いたまま、タロウを連れて居間に戻っていった。ネコはいろいろな家でお世話になっていて人慣れしているのか、興味津々の様子で家の中を探検していた。その後ろをお尻の匂いを嗅ごうとしてタロウがくっついて歩くものだから、何度もネコパンチをくらっていた。

「ネコの御飯も買ってこないとね」

「うん、悪いけど買ってきてくれる？」

オサムはうれしそうな顔で、サトコに頼んだ。彼女は大きめのマイバッグ二個を持って、駅前のペット用品店に行き、キャットフード、ネコに大人気のペースト状のおやつ、おもちゃ、トイレと砂を買って帰ってきた。台所の床にトレイを置いて、そこがネコの御飯の場所になった。トイレは人間のトイレの中である。「ご苦労様でした」と品物を受け取ったオサムは、いそいそと食事の準備をして、

「はい、どうぞ」

と御飯をネコの前に置いた。ネコは待ってましたとばかりに大きな口を開けて、ぱくぱくと食べ、そして二人の顔を見上げて、

「みゃあ」

と鳴いた。

「おいしかった？　そう、よかったねえ」

オサムの顔はとろけそうになっている。その横でタロウも興味津々で見ている。のどかで幸せな光景といえばそうなのだが、彼がずっと一人でいたのもわかるような気がした。年上の自分ならまだ許せるが、同年輩の女性にはとても彼ではもの足りない

のではないか。優しい気持ちだけでは生活できないと思われても仕方がない。でもそういったところを自分が補えばよいのだと、サトコは考えた。

それから家族四人の生活がはじまった。ネコはタロウとセットということで、オサムがハナコと名づけた。タロウもハナコも動物病院で特に問題なしといわれた。仕事の帰りに彼が真っ赤なかわいい首輪を買ってきて、外に出てもひと目で飼いネコとわかるようにしたのに、ハナコは家に来てから一歩も外に出ようとしなかった。

「外にいるのが辛かったんだね」

オサムはまた目に涙を溜めて鼻をぐずぐずさせていたが、当のハナコは、がーっと股を開いてお気に入りの座布団の上で寝ていた。

朝、「タロウと散歩に行くとき、ハナコが悲しそうな顔をする」と、オサムがいいはじめた。サトコはそうは思わないのだが、彼は動物に関してだけ、自分がそう感じると、絶対にそうなのだといい張って聞かない。なのでネコ用のベストとリードを買ってきて、ハナコも連れて出るようになった。しかし最初はとことこ歩いているが、途中で、顔を見上げて「にゃあにゃあ」と鳴き、「抱っこして」と訴える。そうなるとオサムかサトコが抱っこして歩かなくてはならない。しかしそれがオサムにはとて

もうれしいようで、

「よかったなあ、タロウとハナコが来てくれて。お父さんはうれしいよ」

と公園のベンチに座ってひと休みをしながら涙ぐんだ。また泣いてると思いながらサトコが隣で呆れていると、前を向いたまま、

「責任持って、みんなの面倒を最後まで見るからね」

ときっぱりといった。もちろんタロウとハナコには特に反応はない。

「私もいますので、よろしくお願いします」

サトコがいった。

「もちろんだよ。どんなひどい姿になっても、僕がちゃんと面倒を見るから。安心して」

再びきっぱりと彼はいったが、

(どんなひどい姿になってもって、どういうこと?)

何事もなければ、年齢順で年上のサトコが先に旅立つのは自然な話である。年下の彼のおかげで、自分一人だったら最後まで責任を持てないと躊躇《ちゅうちょ》してしまう、タロウやハナコと暮らせるのはありがたかった。

「やっぱり、タロウやハナコと一緒に入れるお墓がいいよね。そうだ、早めに探しておいたほうがいいよね。ちょっと見てみようか」

彼はスマホを取り出して検索をし、

「ほら、結構あるよ」

とうれしそうにスマホの画面を彼女に見せた。無邪気に笑う彼を見ながら、サトコは、

(十八歳年上の妻に向かって、うれしそうに墓の話をするな)

とまたちょっとだけむっとしたのだった。

イヌをタロウと呼び、ネコにハナコと名前をつけたものの、すぐに呼び名はタロちゃん、ハナちゃんになった。タロはたまにターちゃんになるときもある。夫婦でタロウを連れて散歩に出かけるときに、夫のオサムは家に一人残されるハナコがかわいそうだと、リードをつけて連れて出ていたが、妻のサトコが予想したとおり、

「私はお留守番でいいです」

とハナコは散歩に出るのを拒否するようになった。とにかく一緒に行きたいオサム

は、

「ハナちゃんも一緒に行くよね」

と誘うのだが、当のハナコは廊下に座ったまま動こうとしない。

「リードをつけて散歩なんていやなのよ。いつもすぐに歩くのをやめて、抱っこしてっていうじゃない」

サトコが説得を続けているオサムにそういっても、

「そうかなあ。一人じゃ寂しいと思うんだけどなあ」

という。

「一人でゆっくりしたいのよ。ねえ、ハナちゃん、お留守番のほうがいいのよね」

サトコが声をかけると、ハナコはぱちぱちっとまばたきをした。

「ほら、やっぱりそうなのよ。お留守番をしてるって」

ハナコのしぐさを見た彼は、

「そうか、そうなんだ。じゃあ、三人で行ってくるかな」

とちょっと肩を落として家を出た。

二人のやりとりを、顔を交互に見上げて聞いていたタロウは、オサムが一歩足を踏み出したとたんに、ものすごい勢いで走り出した。

「こら、だめっていってるでしょ！　走るんじゃないの！　あぶないから、ほら、止まりなさーい」

オサムはタロウのリードを持ったまま、サトコのもとから転がるように遠ざかっていった。同じくイヌの散歩をさせている近所の人たちには、

「あらー、大変」

と笑われていた。

「あっ、どうも……、おはようございます」

サトコは小声で頭を下げて挨拶しつつ、小走りで後を追った。

やっと信号のある横断歩道のところにいたオサムに追いついた。彼の息は相変わらず上がっているが、タロウはそんなことにはかまわず、うれしそうにはしゃいでいる。

「タロちゃん、お父さんが疲れちゃうから、そんなに速く走らないで」

サトコが声をかけると、首を傾げている。

「ああもう、体が持たない。引っ張る力が強くって」

オサムはリードを短く持って腕に力を入れた。夫婦がいくら頼んでも、タロウは知

らんぷりで、信号が変わるのが待ちきれないように、前足をふみふみしている。

「よほど前は我慢してたのね」

「でもおばあちゃんの状態をわかって、ゆっくりと歩いてあげていたなんて、思いやりがあるよね。この間、ニュースでいっていたじゃない。九十歳のおばあさんをつきとばして、お金を盗《と》った若い奴がいたって。そんな奴はタロウの爪の垢でも飲めばいいんだ、あーっ」

信号が変わったとたんに、タロウは勢いよく走り出した。一瞬、気を抜いたオサムは、また転がるように走っていった。何とか足は回転してタロウのスピードについていっているが、いつ転ぶかとサトコも後を追いながら、気が気じゃなかった。しかしさすがに年齢には勝てず、追いかけるのはやめにした。

「無理をすると体がやられますからね」

自分自身にそういいきかせ、呼吸を整えながらゆっくり歩いた。

公園の入口の柵の前で、オサムは肩で息をしながら立っていた。タロウはサトコがやってきたとわかると、彼女のほうを見て、大きく尻尾を振った。おばあちゃんと別れたときはともかく、そのとき以外、無駄吠えをしないのは、おばあちゃんに静かにするように、しつけられていたからだろう。ご近所には朝から晩まで鳴いている子もいるけれど、タロウも不安だっただろうに、鳴くのはすぐに収まった。いうことをちゃんと聞く、賢い子なのだ。なのに、なぜ、そんなに走る、と聞きたくなるのだけれど、これまでずっとエネルギーを爆発させられず、我慢していたことを考えれば、できるだけ発散させてやりたかった。が、中高年の夫婦がこのまま相手をするのはちょっときつかった。

「はあ、疲れた」

二人に追いついたサトコがつぶやくと、オサムは、

「今日も元気いっぱいだね」

とタロウの顔を見た。タロウは二人の顔を見上げながら、勢いよく尻尾を振り続けている。

「公園の中には他の人たちもいるからね。走っちゃだめだよ。ちゃんと歩くんだよ」

オサムがしゃがんで目の高さを同じにして話しかけると、タロウはぺろりと彼の顔を舐めた。

「いい子ね、わかったね」

サトコも優しく声をかけた。

オサムがリードを短く持って歩きはじめると、タロウはおとなしく横を歩きはじめた。散歩で出会うイヌの中には、吠えてくる子もいるのだけれど、タロウは他の子たちに対してちょっと興味を持つしぐさを見せつつ、おとなしく歩いていた。

「こういうところで、おとなしくしてくれるのは助かるわね。つっかかってくる子もいるから」

「いるよね。気が強いっていうよりも臆病なのかなあ」

「ずいぶん前に、とにかくものすごい勢いでつっかかっていくので有名な子がいて、その子が歩いてくると、散歩させている他の人たちが、『あっ、来た』っていって、あわてて別の方向に走っていくのを見たことがあるわ。逃げ遅れたのを見ると、その子は獲物を追うみたいにすごい形相で追いかけていくの。飼い主さんは大声で、『ごめんなさーい、本当にごめんなさーい』って、リードを持って泣きそうな顔で謝りながら走っていったわ。あれは大変そうだった」

「縄張り意識が強いのかな」

「そうかもしれないわね」

「雑種はどうなのかしら。でもその子たちそれぞれの性格もあるからねえ」

「純血種の中型犬は訓練をするかもしれないけれど、その子は何か生活に不満があったのかな」

「そうだよね。それで怪我をさせたら大変だけど。その子は何か生活に不満があったのかな」

オサムは真顔で考えていた。その間、タロウはおとなしく歩いていたが、メスイヌが歩いていると、その後ろをついていきたそうな顔をしたり、振り返って戻ろうとしたりした。

「お前も男なんだなあ。だめなの、ちゃんと前を向いて歩こうな」

そういわれたタロウは、ああ、そうですかといっているような表情になって、ちらりちらりと周囲のイヌを見ながら、それでもおとなしく歩き続けた。

しかし一歩公園を出て、道を歩いていると、また走りはじめようとする。

「ほら、もう、だめだっていったでしょ。いうことを聞きなさい」

オサムがまるで綱引きをしているような格好で、走ろうとするのをやめさせようとすると、タロウは戻ってきて、

「どうかしましたか？」

といいたげに小首を傾げた。それがあまりにかわいいので、夫婦はつい笑ってしまった。笑ってくれたのでタロウもうれしかったのか、尻尾をぱたぱた振って喜んでいる。

「あのね、とってもかわいいんだけどね、走るのだけはやめようね。お父さんもなるべく速く歩くようにするから」

オサムがタロウの耳に向かって語りかけると、タロウもまじめに聞いていた。

「タロちゃんはお利口さんだから、わかるわよね」

サトコも横から褒めてやると、タロウは早足で歩き出した。さっきのように猛スピードで走るのと比べたら、夫婦ははるかに楽になった。

「そうそう、いい子だね。お利口さん。このくらいで歩くのがいいよ。わかった？」

オサムが声をかけると、タロウは振り向いて、

「くーん」

と鳴いた。

「あー、お利口さん」

夫婦は同時にタロウを褒めた。

その日以来、タロウが猛スピードで走ることはなくなった。それでもエネルギーが発散できなかったらかわいそうと、オサムが休みの日には、少し離れたドッグランまで行って、自由に走らせた。まるでドッグレースに出走しているイヌのように走るのを見て、

「やっぱりエネルギーが溜まってたんだなあ」

とオサムはつぶやいた。

「まだ若いもの。元気な証拠じゃない。また連れてきてあげましょうよ」

夫婦が見ている中、タロウは思いっきり走り回り、その夜はよく寝ていた。

タロウとばかり出かけていくと、ハナコがかわいそうとオサムは気にしていたが、当のハナコは、三人が散歩から帰ってくると、自分の寝床から起きてきて、

「おかえりなさい」

といっているのか、玄関の廊下にお座りしていた。

「ハナちゃーん、遅くなってごめんね。お留守番どうもありがとう」

それを見たオサムは、文字どおりのネコなで声で、ハナコを抱っこした。ハナコの

ほうもうれしそうに、彼の顎を舐めたりしている。

「偉かったね、ハナちゃん」

サトコが頭を撫でてやると、彼女の指をぺろぺろと舐めた。

「やっぱり寂しかったんじゃないのかな」

「そんなことないわよ。ハナちゃんはお家でゆっくりしたいのよね」

サトコの言葉にハナコは、

「みー」

と返事をした。

「そうか、ハナちゃんはかわいいな。タロウもハナコもみんなかわいい。かわいい、かわいい」

「ふふふ、かわいいをいくついっても足りないんでしょう」

サトコがからかうと、

「もちろん」

とオサムは胸を張った。足を拭いてもらったタロウは、台所に走っていき、早く御飯をちょうだいと鼻を鳴らしていた。

ネコのハナコはマイペースだった。タロウが散歩を終えると、ハナコも一緒に朝御飯を食べる。オサムは出勤する前に、ハナコを抱っこしながらテレビの動物コーナーを観るのが日課になった。

「ハナちゃん、見てごらん？　かわいいワンコだねえ」

ハナコは無関心で何の反応もなかった。出勤するときは、やらせたわけでも教えたわけでもないのに、タロウとハナコが並んでお見送りするようになった。それを見た彼は、

「そんなにかわいいのを見たら、会社になんか行きたくなくなっちゃうよ」

と悲しそうな顔をするので、

「いいから、さっさと行きなさい」

とサトコが家から追い出すのも日課である。家事をしているときは、タロウもハナコも自分の寝床で寝ている。二人が掃除機をいやがるので、掃除も箒とちりとりに替えた。畳や床を掃きながら、二人の顔を見ると、とても無邪気な表情をしているので、サトコもその前に座って、いつまでも見ていたいのだけれど、そんなことをしていたら、日常が滞ってしまうので、ちらりちらりと姿を確認しながら、家事を片づけてい

った。

そしてお昼になって、台所で自分だけの昼御飯の準備をして、ふと後ろを見ると、ハナコがお座りをしてじーっと見つめている。

「あら、ハナコさんは起きたんですか」

そう声をかけると、ハナコはちょっと不満そうに低い声で、

「うぃー」

と鳴いた。

「あら、まだカリカリはあるけど」

サトコが食器をのぞくと、ハナコは、

「みゃーっ、みゃーっ」

と訴えはじめた。

「わかりました、カンカンが欲しいのね」

カンカンと聞いたとたん、ハナコは、

「みーっ」

とかわいい声で鳴いた。この鳴き分け方にはいつも感心する。自分の感情をわかっ

てもらうために、

「あなた、そんな声が出るんですか」

と驚くくらい、七色の声を使い分けるのだ。訴えどおり、大好きなネコ缶をもらったハナコは、あぐあぐと大きな口を開けて食べた後、陽当たりのいい和室でころりと横になって、毛繕いをはじめた。

とりあえずほっとして台所に戻ると、今度はタロウが座っていた。

「あら、タロちゃんも起きたの」

声をかけてもらってうれしくて、タロウは、

「くーん」

と尻尾を振った。

「あなたも、おやつかしら」

犬用の水炊きの煮干しを取り出すと、喜んでぴょんぴょんと跳ね回った。

「こらこら、あっちで食べましょう、あっちでね」

サトコがおやつを手に移動すると、飛びつかんばかりにしてタロウがくっついてきた。

もしかしてこのままサトコが走ったら、タロウは二足歩行ができるんじゃないか

と思うほどだった。

「おすわり。待て」

タロウの食器におやつを入れて、声をかけると、

「えー、また待てですか？　待てって楽しくないし、好きじゃないです」

という表情で、いちおうは座ったものの、お尻を振って落ち着かない。おばあちゃんと住んでいるときには、そんなことをいわれていなかったらしく、タロウも戸惑っているようだった。

「はい、どうぞ」

サトコの声と同時にタロウはおやつにむしゃぶりつき、あっという間に完食した。そして、

「これだけですかあ」

と食器の周りを何度も嗅ぎ、何もないとわかるとちょっと悲しそうな顔になった。たしかにふだんより少なめだったので、サトコが追加してあげると、

「わーい」

と悲しそうな顔から一転、目をぱっちり開けて大喜びしていた。そこへ毛繕いが終

わったハナコがやってきて、「あら、喜んで食べてる、それは何かしら」とタロウの食器の匂いを嗅いだ。しかし魚なのにまったく興味を持たず、

「ふん」

と鼻から息を吐き、自分の食器から水を飲んで、自分の寝床に戻っていった。

予定よりも三十分遅れで、サトコは自分の昼食を食べた。オサムと食事をするときは、遠慮をしている肉が入ったおかずである。またまたタロウがやってきて、そばに座って彼女の箸の上げ下ろしをじーっと見ている。きっとおばあちゃんが食事をするときは、隣にぴったりとくっついて、おかずをもらったりしていたのだろう。

「これはね、お母さんが食べるもので、タロちゃんのじゃないのよ。さっきおやつをあげたでしょう」

優しくたしなめられたタロウは、舌をぺろぺろと出しながら、

「くうーん」

と小さな声で鳴いて、自分の寝床に戻っていった。

午後に買い物に出かけた帰り、ハナコを連れてきた奥さんと、道でばったり会った。

「その節はネコちゃんを引き取ってくださって、ありがとうございました」

丁寧に頭を下げられて、サトコは恐縮した。

「二人とも元気にしていますよ」

「ああ、それはよかったです」

あのときはちょっと強引な奥さんと思ったが、あらためて会ってみると、そういった雰囲気はなかった。

「あのときはごめんなさい。どうしても飼っていただきたくて。ご近所で断られてしまって、お宅様にお願いするしか、というか、お宅様しかなかったんです。本当に助かりました。断られたらあの子はずっと通いネコのままだったし。おばあちゃんがいちばんかわいがっていたので」

「家ではいばってますよ」

「そうですか、よかった」

奥さんはにっこり笑ったが、周囲をちらっと見渡して誰もいないのを確認すると、急にサトコの耳に顔を寄せてきた。

「あのね、近所で変なことをいう人がいて」

「変なこと？」

「そうなんです。おばあちゃんのイヌがどうなるんだろうって、近所の人たちが気にしていて、引き取っていただいてよかったねって、立ち話をしていたんです。そうしたらワンちゃんの行き場なんて気にしていなかった人たちが、『引き取ったあの家、ばあさんからいくらお金をせしめたんだろう』なんていいはじめたんです。私たちもびっくりして、そんなわけないじゃないですか、あの御姉弟はとてもいい方ですよっていったんですけど。『飼っていても価値のないあんな雑種を引き取るなんて、いくらか金を積まれたに決まっている。餌代だってずっとかかるのに』って。そうしたらその人たち、『あの家は結構なお金をもらってイヌを引き取った』って、嘘の話を流してるんです」

自分たちが夫婦だとは、近所の人たちには話していないので、「御姉弟」という言葉に反応しつつ、

「たしかにワンちゃんの御飯は、いただきましたけどね」

というしかなかった。

「でもね、私たちは、ちゃーんとわかっていますから。心からワンちゃんやネコちゃんたちを思って、引き取ってくださったのを。ですから変な噂話を耳にしても、気に

なさらないでくださいね。私たちはよーくわかっていますから」

奥さんは気の毒そうな顔をして、

「それでは」

と頭を下げて去っていった。

仕事から帰ったオサムに、晩御飯を食べながらまずその話をすると、

「何でそんなことを……」

と箸を持ったまま黙ってしまった。

「そうなのよ。もしもらっていたとしても、その人たちに何の関係があるのかしらね」

オサムはしばらくそのまま固まっていたが、気を取り直したようにまた温野菜の皿に手を伸ばし、

「誰の得にもならないのに。よほど暇なんだね、そういう人たちって」

「どうせなら陰でこそこそいっていないで、面と向かって私たちに、『お金、もらったんでしょ』っていえばいいのに」

「面と向かっていえないから、陰でそんなことをいうんだよ。ジムのお客さんでもそ

ういう人たちがいるもの」

「人数が集まれば、一定数、そういう人がいるのね」

「タロちゃんやハナちゃんや、他の子たちに被害が及ばなければいいよ。ほっとけばいいんだ」

「そうね」

しばらく二人は黙って食事を続けていた。そしてサトコが彼に「御姉弟」の話をすると、

「ふふっ」

と小さく笑った後、

「ねえ、それよりも、今日はタロちゃんやハナちゃんはどうしてたの」

と聞いてきた。日中にあったことを話すと、ぱっと顔が明るくなり、うれしそうな顔をして聞いていた。

そして夫婦の姿が見えるところで、横になってくっついてだらけている、タロウとハナコのほうを見て、

「今日も楽しかったね、よかったね」

と声をかけた。そのとたん、二人が起きて走り寄ってきて、タロウはオサムの横に座り、ハナコは膝の上に乗ってきた。タロウが膝の上に鼻を乗せようとすると、ハナコが爪を出さないネコパンチで、タロウを殴った。

「こらこらハナちゃん、そんなことをしたらだめでしょ」

夫婦が同時にハナコを叱ると、当人は、

「ふふん」

という表情で前足で顔を撫でていた。

「タロちゃん、大丈夫？　びっくりしちゃったね、ごめんね」

タロウはきょとんとしていたが、夫婦から優しく声をかけられて、うれしそうに尻尾を振っていた。

「タロちゃんは、本当に性格がいい子だなあ。偉い、偉い」

オサムはタロウの頭を撫でた。

「ハナちゃんもネコらしくて、とてもよろしい」

そういいながらハナコの頭も撫でたので、サトコは噴き出した。

「だってネコってそういうものでしょ」

当然といいたげな彼の顔を見ながら、彼女は、

「それはそうだけど」

と苦笑するしかなかった。

食後はオサムはごろりと畳の上に横になって、テレビのお笑い番組を観ていた。右側にいるタロウ、左側にいるハナコに腕枕をしていた。二人ともお腹を上にした、へそ天状態で寝ていた。りんごを切って皿に入れて持ってきたサトコは、

「あなたたちどうしたの？　あらー、リラックスしすぎ」

と目の前の脱力の図にそういうしかなかった。

「これじゃ食べられないよ」

オサムが困った顔でいうので、サトコはフォークでりんごを刺して、彼に食べさせた。

「うん、おいしい」

いったい私は何をやっているのかと、サトコはちょっと情けなくなった。無防備で腹丸出しのイヌとネコ。それに腕枕してやっている年下の夫。その夫が開けた口に、りんごを差し入れてやる自分。

（どこかおかしい）

そう感じるものの、何の疑いもなくへそ天でいる二人を見て、とてもじゃないけれど、そこをどきなさいとはいえない。タロウにとってもハナコにとっても、そして疲れて帰ってきたオサムにとっても至福の時間なのだ。

彼がりんごを食べ終わったので、サトコも畳の上に座って、テレビを観ながらりんごを食べはじめた。

「あははは」

と芸人のギャグに夫婦が笑っても、腕枕の二人はぴくりとも動かない。

「ああっ、ちょっとしびれてきた」

一時間ほど経って、彼が訴えはじめた。

「血が止まるかも」

「手を握ったり開いたりしたらどう？」

サトコがそういうと、彼は真顔でにぎにぎを繰り返した。妻が適当にアドバイスをしても、何の疑いもなくそれに従うのが、年下夫の利点かもしれない。サトコがそーっとタロウに顔を近づけると、小さくいびきをかいている。今度はハナコのほうに近づくと、こちらも爆睡中だ。

「この調子じゃ、しばらくは起きないと思うわ」

サトコの小声にオサムは、

「えっ、本当？　困ったなあ、どうしよう」

「そろそろお風呂も沸くけど。あと三十分か一時間は無理じゃないかしら。ハナちゃんは二時間おきに目を覚ますから、それまでは無理そう」

「うーん、困ったなあ」

彼は困ったを連発しながらも、強引に起きようとはしなかった。しばらくするとハナコが、へそ天から横になって寝はじめたので、そーっと腕を抜こうとしたら、寝たまま両手で彼の腕を押さえて動かないようにしてきた。

「あれえ？」

オサムが妙な声を出したので、またサトコは噴き出した。ハナコ側は諦め、タロウのほうにチャレンジすると、こちらも彼の腕が動いたとたんに、同じように寝たまま、ぐっと押さえてきた。

「だめだあ」

あまりに間抜けな声だったので、サトコは、

「あはははは」

と笑ってしまった。

「テレビより面白い」

「えーっ、そんなこといわないで何とかしてよう」

「よく寝ているわね、二人とも」

「すごいよ、爆睡だよ」

「安心しきっているのね。そうでなくちゃ、こんなふうにならないもの」

サトコがしみじみいうと、オサムはうれしそうな顔になった。

(こらっ、何とかしないんかい)

寝ている彼の姿を見ながら、そういいたかったが、あまりにうれしそうな顔をして寝ているので、きついこともいえず、彼女は、

「しょうがないわねえ、どうしようかしらねえ」

とつぶやきながら、空になったお皿を下げに行った。

するると背後から、

「あのねえ、お父さんはねえ、これからお風呂に入らなくちゃいけないんだよ。そして明日のお仕事のために、寝なくちゃいけないの。寝るときはいつものように一緒に寝られるから、ね、だからね、今だけちょっと起きてくれないかな」

と声が聞こえた。あの子たちがいうことを聞くのかしらと、明日の朝御飯の準備をしながら様子をうかがっていたが、相変わらずしーんとしたままだ。準備も終わり、

「もう、引きはがさないとだめなんじゃないの」

といいながら、サトコが部屋を覗くと、オサムは両手で腕枕をしたまま、

「ぐー」

と寝ていた。

(何やってんの、まったく)

廊下で棒立ちになったまま、サトコは呆れた。

「ねえ、ちょっと、このままじゃだめでしょ。ほら、起きて」

声をかけると、面倒くさそうに、

「うーん」

と声が返ってきた。

「ずっとそのままでも私はいいですけどね。それでは先にお風呂に入らせていただきます」

「どうぞ〜」

脱力しきった返事に、むっとした彼女は、

「はい、わかりましたっ」

と返事をして、いつもは風呂の順番はオサムが先なのだが、寝間着などをまとめてさっさと風呂に入ってしまった。

体を洗いながら、

「何なの、あの人。たしかにあの状態でタロちゃんとハナちゃんを起こすのはかわいそうだけれど、こっちだって毎日やることがあるんだから、仕方がないでしょう。何よ、りんごまで食べさせたりして。少しは夫としての自覚とか、飼い主としての強い態度とか、できないのかしら」

とぶつくさ文句をいった。

三十分ほどして風呂から上がると、まだオサムとタロウ、ハナコは、川の字で寝ていた。タロウ、ハナコはかわいいけれど、真ん中でぼーっとした顔で寝ているオサムを見て、また腹が立ってきた。

「もしもし、お風呂、空きましたけどっ」

返事はなかった。完全に眠ったらしい。たしかにイヌやネコが体にくっついて寝ていると、眠くなかったはずなのに、だんだんまぶたが落ちてくる。それは十二分にわかるけれど、

(それは今じゃないだろう)

と強くいいたくなった。しかし無邪気、無防備に川の字に寝ている、人間、イヌ、ネコの姿を見ていると、怒りは諦めのため息に変わった。オサムの体には毛布、タロウとハナコには、お腹を冷やさないように、ハンドタオルをかけてあげた。それでも三人は起きない。

(これは完全にだめだ……)

サトコは部屋の隅に座り、テレビを眺めながら、三人が起きるのを待つしかなかった。

この作品は二〇二一年九月小社より刊行されたものです。

幻冬舎文庫

●最新刊
世界でいちばん私がカワイイ
ブリアナ・ギガンテ

謎に包まれた経歴と存在感で人気のYouTuberの、恋やオシャレや人生の話。彼女の言葉に、みんなが心を奪われ、救われるのはなぜ？　迷える現代人に「ちゃんとここにある幸せ」を伝える一冊。

●最新刊
ミトンとふびん
吉本ばなな

「新しい朝。私はここから歩いていくんだ」。金沢、台北、ヘルシンキ、ローマ、八丈島。いつもと違う街角で、悲しみが小さな幸せに変わるまでを描く極上の6編。第58回谷崎潤一郎賞受賞作。

●好評既刊
宿命《リベンジ》
石原慎太郎

事故とされた父の死を殺人と信じて疑わない兄弟が今際の際の母と交わした「仇討ち」の約束。人生を賭けた大仕事の哀しくも美しい結末とは？　円熟の筆致で描く著者最後のハードボイルド、全二編!!

●好評既刊
「私」という男の生涯
石原慎太郎

奔放で美しいシルエットを戦後の日本に焼きつけた男が迫りくる死を凝視して、どうしても残したかった「我が人生の真実」。死後の出版を条件に綴られ、発売直後から大反響を呼んだ衝撃の自伝。

●好評既刊
女盛りはモヤモヤ盛り
内館牧子

何気ない日常のふとした違和感をすくい上げ、歯に衣着せぬ物言いでズバッと切り込む。ウイットに富んだ内館節フルスロットルでおくる、忖度なしの痛快エッセイ七十五編。

幻冬舎文庫

●好評既刊

おまもり

銀色夏生

数か月前に「おまもりのような本を作りたい」とハッと思いたちました。おまもりを形にしたような本。本の形のおまもり。だれかの力になりますように。

（「はじめに」より）

●好評既刊

外科医、島へ 泣くな研修医6

中山祐次郎

東京でなら助かる命が、ここでは助からない——。半年の任期で離島の診療所に派遣された雨野隆治は、島の医療の現実に直面し、己の未熟さを思い知る。現役外科医による人気シリーズ第六弾。

●好評既刊

空にピース

藤岡陽子

公立小学校に新しく赴任したひかりは衝撃を受ける。ウサギをいじめて楽しそうなマーク、ボロボロの身なりで給食の時間だけ現れる大河、日本語が読めないグエン。新米教師の奮闘が光る感動作。

●好評既刊

［新装版］血と骨（上）（下）

梁石日《ヤン・ソギル》

敗戦後の混乱の中、金俊平は蒲鉾工場を立ち上げ、大成功した。妾も作るが、半年間の闘病生活を強いられ、工場を閉鎖し、高利貸しに転身する。それは絶頂にして、奈落への疾走の始まりだった。

●好評既刊

ミス・パーフェクトが行く！

横関　大

真波莉子はキャリア官僚。「その問題、私が解決いたします」が口癖の人呼んでミス・パーフェクト。ある日、総理大臣の隠し子だとバレて霞が関を去ることになるが。痛快爽快！　世直しエンタメ。

子《こ》のない夫婦《ふうふ》とネコ

群《むれ》ようこ

令和6年2月10日　初版発行

発行人――石原正康
編集人――高部真人
発行所――株式会社幻冬舎
〒151-0051東京都渋谷区千駄ヶ谷4-9-7
電話　03(5411)6222(営業)
　　　03(5411)6211(編集)
公式HP　https://www.gentosha.co.jp/
印刷・製本―中央精版印刷株式会社
装丁者――高橋雅之

検印廃止

幻冬舎文庫

ISBN978-4-344-43362-5　C0193　む-2-18